民国笔记小说粹编编委会

民国笔记小说粹编

退醒庐笔记
健庐随笔

孙玉声　杜保祺　著

山西出版传媒集团
三晋出版社

图书在版编目(CIP)数据

退醒庐笔记 健庐随笔 / 孙玉声,杜保祺著. —
太原:三晋出版社,2022.4
(民国笔记小说粹编)
ISBN 978-7-5457-2443-1

Ⅰ. ①退… Ⅱ. ①孙… ②杜… Ⅲ. ①笔记小说—小说集—中国—现代 Ⅳ. ① I246.1

中国版本图书馆CIP数据核字(2022)第064198号

退醒庐笔记 健庐随笔

著 者: 孙玉声 杜保祺
责任编辑: 阎卫斌
责任印制: 李佳音
封面设计: 段宇杰

出 版 者: 山西出版传媒集团·三晋出版社
地 址: 太原市建设南路21号
电 话: 0351-4956036(总编室)
0351-4922203(印制部)
网 址: http://www.sjcbs.cn

经 销 者: 新华书店
承 印 者: 山西人民印刷有限责任公司

开 本: 850mm×1168mm 1/32
印 张: 8.25
字 数: 165千字
版 次: 2022年5月 第1版
印 次: 2022年5月 第1次印刷
书 号: ISBN 978-7-5457-2443-1
定 价: 35.00元

总　序

黄　霖

承蒙三晋出版社的错爱，我遵嘱为他们在《民国笔记小说大观》的基础上再做的选粹本作了这个序。说实话，当时我一听这个书名就感到有点头疼，因为自从1912年王文濡推出《笔记小说大观》以来，究竟如何认识"笔记小说"这个名目可以说是众说纷纭，非三言两语能够说清，再加上手头的事情实在太多，不想去算这笔糊涂账了。但后来一想，近年来我正从研究近代文论的圈子里跨出来，在关注现代的"旧体"文学与文论，"笔记小说"这个名目作为一种文类或文体亮相并引发了争议，也正是从近现代开始的，因此也不妨乘此机会来梳理一下吧。

显然，要辨说"笔记小说"，首先要将"笔记"与"小说"这两个概念简要地说一说。好在古代对这两个概念，大家的认识本来就大致相近。

假如从《庄子·外物》《论语·子张》《荀子·正名》分别所说的"小说""小道""小家珍说"算起，"小说"之名是出现得比较早的。到汉代桓谭《新论》所提的"小说"就与20世纪前一般学者所认识的"小说"比较一致了。它指出其特点是“丛残小语，近取譬论，以作短书”。尽管“小说”于“治身理家，有可观之辞”，但据《论衡·谢短篇》等篇的解释，这类“短书”，写的都是“小道”，“非儒者之贵也”。到《汉书·艺文志》就明确在史志目录中将“小说”归为一类，并列出了具体的书名，从中可见，“小说”中既有“史官记事”之作，也有“迂诞依托”之书，另有阐发哲理的议论、风俗逸闻的记载，等等，内容庞杂，范围广泛。以此可见，“小说”这个概念的出现，先是从内容着眼，强调它写的是有别于经传“大道”之外的杂七杂八的“小道”，与此相适应的是在形式上都是“丛残小语”。简言之，所谓“小说”，就是并非正面、集中阐述“大道”的杂、碎文字。

至于“笔记”之名，当后起于文笔相分的六朝。刘勰《文心雕龙·总术》云：“今之常言，有文有笔，以为无韵者笔也，有韵者文也。”笔记，当属用无韵之笔随记而成的、有别于经年累月、深思熟虑写就的杂、碎文字。当时之所以起用“笔记”之名，主要是从写作的方式与形式的角度上来考虑的。一时使用这个概念者也较多，如刘勰在《文心雕龙·才略》中明确地提出了有“笔记”之作：“路粹、杨修，颇怀笔记之工”，“温太真之笔记，循理而清通，亦笔端之良工也”。差不多同时的萧子显在《南齐书》卷五十二《文学·丘巨源传》中也提到了“笔记”之名。到宋代就有了以“笔记”为名的书籍，如宋祁的《宋景文公笔记》、苏轼的《仇池笔记》等等，久盛不衰。假如也用一语而言之，则所谓“笔记”，就是随笔而记的无韵杂、碎文字。

于此可见，“小说”与“笔记”之别，主要是在起用这两个概念时的着眼点、出发点不同，一是从内容出发，一是从写作的方式出发，在20世纪以前的文献学意义上，它们的实际内涵与外延应该是大致相同的，所谓“笔记”或“小说”，都是指经（正）史之外的，包括各类内容与多种形式的零简短章。它们一般都用的是文言，所以到现代，有人在“小说”之前加了“笔记”，用来与“白话小说”相区别；它们一般成集，但也有单篇或零星几章的，特别是在报刊兴起之后，单篇之作也很多。正因为“小说”与“笔记”两个名目，有异有同，古人又似未见对此有所辨析，只是在各自的著作中自做不同的分类或赋予不同的名目，于是就分分合合，弄得缠夹不清了。

不过，据我粗略的检视，在20世纪以前的漫长历史中，文人墨客或用“小说”之名，或称“笔记”之作，绝大多数并没有将这两个名称合在一起，没有把“笔记小说”或“小说笔记”作为一个文体或文类的名称来使用的。偶尔有之，也是为了文气的连贯而将两者作为相近文体或文类而并列在一起而已。假如当时有标点符号的话，应该是写成“笔记、小说”更为确切，只是当时没有标点符号，就将两者并写在一起了，如宋代史绳祖在《学斋占毕》卷二“蔆薐二物”条中说：“前辈笔记小说固有字误，或刊本之误，因而后生末学不稽考本出处，承袭谬误甚多。”[①]再如清代王杰所编的《钦定重刻淳化阁帖释文》中有一文写道，“各有专书以纠其失，其他见于古今诗、文及说部、笔记者指摘不胜枚举”。[②] 这里的诗与文、说部与笔记之间都是应该加顿号的，它们都是并称的。再如江藩在说钱大昕治元史时说：“搜罗元人诗文集、小说笔记、金石碑版，重修元史，后恐有违功令，改为《元诗纪事》。”[③]其“小说笔记”也只能看作是性质相近的两类文字并写在一起，也并没有将“小说笔记”四字合在一起看作是一个文体或文类。

时代跨进了20世纪，在新的文学思潮影响下，1902年梁启超在正式发行中国第一本小说杂志《新小说》之前两个月，在《新民丛报》第十四号上发了一篇《中国惟一之文学报〈新小说〉》，对将要发行的《新小说》的宗旨、形式、内容、发行等问题做了介绍，特别详细地对将要发表的各类小说做了分类说明，指出有历史小说、政治小说、哲理科学小说、军事小说、冒险小说、探侦小说、写情小说、语怪小说等不同，这些显然都是从内容上分类的。接下来就从形式上、或者说从文体上指出还有“札记体小说”与“传奇体小说”。在这里，“札记”与“笔记”义同。他特别在“札记”与“小说”之间加了一个“体”字，意义非

---

① 史绳祖《学斋占毕》卷二，文渊阁四库全书本。

② 王杰等辑《钦定石渠宝笈续编》卷二十三，清乾隆末年内府朱丝栏抄嘉庆增补本。

③ 江藩《国朝汉学师承记》卷三，清嘉庆十七年刻本。

凡。这表明在新潮的西方文学观念影响下,他所认识的“小说”已不再是传统的不论在内容上还是形式上都是包罗万象、混沌模糊的一个概念,而是开始将“小说”看作“文学”中的一种自具特色的文体,而“笔记”也只是一种特殊的表现形式与手段。正是在转变了小说观念之后,他在“笔记”与“小说”之间加了一个“体”字,以示这类小说是“笔记”类文体或形式的小说。后在《新小说》正式发行时,他又将“札记体小说”略称为“札记小说”。这种“札记小说”的代表作就是“随意杂录”的“《聊斋》《阅微草堂》之类”。这也就是说,“札记小说”乃是一种用随意笔记的形式写就的如《聊斋志异》《阅微草堂笔记》一类的有故事、有人物,乃至有虚构的文字,也就是“札记体小说”。现在看来,梁启超在新潮的纯文学观念影响下,他心中的“小说”已不同于桓谭、班固到刘知几、胡应麟及四库馆臣笔下的“小说”了。他已将“小说”作为“文学”中的一种独立的文体,不再与“笔记”混同一体,而认为古代作品中“笔记”与“小说”这两者的关系,只能是“笔记体小说”或“小说体笔记”,因而在他主编的《新小说》中发表诸如《啸天庐拾异》《反聊斋》《知新室新译丛》等作品时所标的“札记小说”四个字的含义,实际上已经与古人所用的“笔记小说”之义大相径庭,赋予了“笔记体(类)小说”的新意。这是一次历史性的跨越。自此之后,“札记小说”或“笔记小说”四字的含义,就不再只是“笔记与小说”或者是“笔记加小说”一解,而是另有了一种新义了。而且在这里也清楚地告诉了人们，“笔记”与“小说”两者是不能相混的：在“笔记”中有一类是“小说”，还有许多并不是小说；在小说中有一类是“笔记体”，还有很多是非笔记体的；所谓“札记体小说”或“札记小说”，就是用笔记的手法写成的小说，或者说是归于“笔记”类中的“小说”。

梁启超的看法立即产生了影响。继《新小说》之后，不久发行的一些小说杂志，如《竞立社小说月报》《月月小说》，乃至如以学术为主的《东方杂志》之类也都在这样理解“札记小说”四字的基础上安排了这一专栏，发表了一系列的“笔记体(类)小说”。同时，商务印书馆出版的规模宏大的“说部丛书”，也据梁氏的分类标准，在每一部的封面上大都醒目地标明了是属于某类小说，如政治小说、军事小说等等，其中也有《海外拾遗》《罗刹因果录》等标明是“笔记小说”。此二书，都是分八则，写了各色人等的故事。这里的“笔记”与“小说”之间虽无一个“体”字，但实际就是“笔记体(类)小说”的意思，都是用随笔的形式写成的有故事、有人物、有虚构的作品。乃至在 1929 年 4 月 2 日的《新闻报》的广告栏中刊载大华书店发售的小说，也标明了不同的分类，除了从内容上区别“武侠小说类”“香艳小说类”及新与旧的不同外，另就形式而言也有“笔记小说类”。显然，这个“笔记小说类”也就是“笔记中的小说”或“小说类的笔记”，与梁启超的认识是一脉相承的。

但到民国年间出现了新问题，好编丛书的王文濡，接连编印了《古今说部丛书》《笔记小说大观》《说库》等将传统笔记与小说混在一起的丛书。其用“说部丛书”“说库”之名当无问题，而其于1912年用进步书局之名出版的《笔记小说大观》一书，共分八辑，收220余种作品，体量极大，尽管其书的《凡例》称“所选趋重小说”，但同时又说，“然关于讨论经史异义，阐发诗文要旨”等“古人笔记中往往有之”之作品也不忍“割爱”。且开宗明义第一条就说：“本编纂辑历代笔记，起六朝，迄民国，巨人伟作，收罗殆遍。”其书在报纸上刊载的“预约广告”也说：“《笔记小说大观》，系集汉魏以来笔记二百余种之汇刊，都五百余册。”[①]都是将“笔记”覆盖了“小说”。可见王文濡心目中还是将“小说”与“笔记”混在一起的。这样一来，同样“笔记小说”四字，自古至今出现了三种理解：一种是古代个别学者将“笔记”与“小说”并称而合在一起；另一种是如梁启超们将“笔记”中可称“小说”的一类称之为“札记体小说”或略称为“札记小说”；再者就是王文濡将“笔记”与“小说”混为一类的“笔记小说”。

由于当时的小说界普遍接受了新潮的小说观，而对古人曾经有过的零星将“笔记”与“小说”并称的情况没有注意，所以一见王文濡将“笔记”与“小说”混为一类就多有不满，如在当时文坛上比较活跃的姚赓夔就撰文说：

---

① 《新闻报》《民国日报》1928年6月19日同载。

“笔记小说”四字，最不可解。笔记自笔记，小说自小说，岂可相混？笔记而名之以小说，是何异画蛇而添足乎？①

署名玉衡者也发文说：

笔记与短篇小说，体裁既异，结构亦不自同。而今之作者，往往互相混淆，是无异于孙周之兄不能辨菽麦。②

《海上繁华梦》作者漱石生也说：

笔记有笔记体裁，小说有小说绳墨，二者绝不相混也。③

与此同时，小说界开始注意辨析“笔记”与“小说”的异同。如《申报》1921年3月20日载《笔记与小说之区别》，列举了九条，如云：“笔记须有记载之价值，次之趣味；小说须有百读不厌之精神，次之勿使阅者意懈，目不终篇。”“笔记重实叙，故曰记；小说可虚绘，故曰说。”“笔

① 《小说杂谈》，《星期》1922年第29期。

② 《小说管窥》，《星期》1923年7月29日。

③ 《余之古今小说观》，《新月》1925年11月1日。

记叙人物、地址皆有名，示翔实焉；小说多以‘某’代之，或并某字而无之，如‘生’‘女’皆成名称，不妨虚衬也。”为了避免将“笔记”与“小说”混淆，一些学者重拾梁启超的旧话，用“笔记体的小说”[①]“笔记式的小说”[②]或“笔记的小说”[③]等提法来取代容易混淆的“笔记小说”。应该说，假如大家都遵循这样的提法的话，后世就不会产生歧义了。

但问题比较麻烦的是，实际上从梁启超始，既创用“札记体小说”之名，又将之略称为“札记小说”，自乱了阵脚。现经《笔记小说大观》热炒畅销之后，特别经过一些“笔记+小说”类的“笔记小说”选本与丛书的不断亮相（选本与丛书中也有一些是只收“小说”的或只称“笔记”的），还是有相当一部分人将“笔记小说”看成是“笔记+小说”的。“笔记小说”一个名目、两种理解状况就始终存在着。

更使人缠夹不清的是，尽管自20世纪二三十年代后，大多数小说史家与文学史家笔下的“笔记小说”的实际含义已是“笔记类小说”，但他们还是乐此不疲地沿用“笔记小说”来论文与著史。最典型的如郑振铎先生，他在1930年写的专论小说分类的《中国小说的分类及其演化的趋

① 叶楚伧《中国小说谈》，《民国日报》1923年7月24日。

② 赵芝岩《小说闲话》，《半月》第3卷第14号。

③ 周群玉《白话文学史大纲》，上海群学社1928年版，第123页。

势》长文中，一方面指责《笔记小说大观》收之太滥，强调“笔记小说”丛书应当编成“故事集”，另一方面还是沿用“笔记小说”之名。他说：

> 第一类是所谓“笔记小说”。这个笔记小说的名称，系指《搜神记》（干宝）、《续齐谐记》（吴均）、《博异志》（谷神子）以至《阅微草堂笔记》（纪昀）一类比较具有多量的琐杂的或神异的“故事”总集而言；范围固不能过于狭小，内容的审查，固不能过于严格，然也不能如前之滥，将一切“杂事”“异闻”“琐语”都包括了进去，有如近日出版的通俗本的“笔记小说大观”。我们应该将他们限于“故事集”的一个标准之下，或至少须是具有大多数的故事的。所谓“琐语”之类的东西，像《计然万物录》（编者注：托名计然著，东汉时成书，原书佚，清茆泮林辑）、《博物记》（汉唐蒙）、《博物志》（晋张华）、《清异录》（宋陶谷）、《杂纂》（唐李商隐）、《幽梦影》（清张潮）、《板桥杂记》（清余怀）；所谓“异闻”之类中的《山海经》《海内十洲记》《神异经》；所谓“杂事”之类中的《摭言》（唐王定保）、《云溪友议》（唐范摅）、《北梦琐言》（宋孙光宪）、《归田录》（宋欧阳修）、《侯鲭录》（宋赵德麟）等

等，都是不能算作“笔记小说”的。[1]

在民国时期另作专论“笔记小说”的是王季思先生。他写的《中国的笔记小说》《中国笔记小说略述》两文内容大致相同。其基本意思也同郑振铎。他说：“就笔记说，凡是纯属学术的讨论与考订的，如《困学纪闻》《日知录》《廿二史札记》《十驾斋养新录》，虽是笔记，却非小说。”除此之外，笔记的“轶事、怪异、诙谐”三类中，不论所写“幻想幻觉”还是“所见所闻”，凡有故事，有人物，“最可见作者及所记人物个性”的，就是“笔记小说”。[2]

民国时期两篇有关“笔记小说”的专论，都是认同用四个字来表达笔记中的小说是一种独立的文体。这样的认知与表达实际上也反映了民国以来绝大多数的文学史、小说史作者的看法。不但如此，以后的文学史、小说史作者大都也是如此，一直到20世纪90年代所出的几本具有代表意义的“笔记小说史”，乃至目前最流行的袁行霈先生主编的《中国文学史》与袁世硕先生主编的《中国文学史》，都是将“笔记小说”理解为“笔记体小说”而不是“笔记与小说”的。苗壮先生的《笔记小说史》定义“笔记小说”时说：“以笔记形式所写的小说，它以简洁的文言、短

---

① 郑振铎《中国小说的分类及其演化的趋势》，《学生杂志》1930年第17卷第1期。

② 王季思《中国的笔记小说》，《战时中学生》1939年第9期；《中国笔记小说略述》，《新学生》1947年第4卷第2期。

小的篇幅记叙人物的故事。”[1]而袁行霈先生主编的《中国文学史》说“笔记小说”是“采用文言，篇幅短小，记叙社会上流传的奇异故事、人物的逸闻轶事或其片言只语”。[2]显然，他们都将“小说”之外的“笔记”排斥在“笔记小说”之外。但是，时至今日，人们在沿用这个歧义的“笔记小说”的名目时，已经很少有人再想起历史上曾经用过的“笔记体小说”“笔记式小说”“笔记类小说”这类比较确切的提法了。

从梁启超到郑振铎、王季思，到当代的文学史、小说史作者们，为什么明明心里想要表达的是“札记体小说”，要将“笔记”与“小说”区别开来，认为混入了不少笔记的《笔记小说大观》收得过滥，而最后还是没有鲜明地表示“笔记自笔记，小说自小说”，还是用了一个容易混淆视听的“笔记小说”呢？我想可能主要是汉字构词的特点所造成的。我们的汉字富有弹性，构词时常常留下了活络的空间。“笔记小说”四字，的确可以包容“笔记与小说”“笔记体小说”“笔记小说这一类小说”这三种不同的理解。谁都可以用这四个字来表达，谁都不能算错。再加上传统写诗作文，用四字构词比较上口，特别如梁启超，在为未出的《新小说》做广告时拈出了“札记体小说”，而当《新

① 苗壮《笔记小说史》，浙江古籍出版社 1998 年版，第 4 页。

② 袁行霈主编《中国文学史》第三版，第二卷，高等教育出版社 2014 年版，第 153 页。

小说》正式付印时，考虑与“历史小说”“政治小说”“科学小说”等并称，就略称为“札记小说”。当时在他心目中，肯定觉得这“札记小说”就等于“札记体小说”，殊不知“札记小说”也可理解成不是“札记体小说”的呢！

再看，从《笔记小说大观》问世以来，陆陆续续用“笔记小说”之名出版的一些选本或丛书，其总体数量虽不能与一些史著与研究著作相比，但其混乱的程度却非常突出。当然，其中也有一些选本或丛书用“笔记小说”或“小说笔记”之名来编选作品时，基本上都是选录了一些有小说意味的作品，如1934年江畬经编选的规模不小的《历代小说笔记选》就是一例。1949年后，如2004年天津古籍出版社出版的《唐宋笔记小说释译》就明确说，“所选篇目以故事性、趣味性的轶事为主”。对于“笔记小说”概念的辨析最为清楚的，要数严杰先生在他编选几种“笔记选”时所写的前言中说的：“笔记小说只是笔记中的一大类”；“笔记大致可以分为三类”，“第一类以记载短小故事为主”，“第二类以历史琐闻为主”，“第三类以考据辩证为主”；“把笔记划分为三大类，并确定笔记小说的范围，需要注意的是，其间界限并不是非常清楚的，只能划出大略的轮廓而已。在确认第一类笔记为笔记小说的同时，也应该承认第二、第三类中也存在着相当数量的小说。笔记小说毕竟不能算是有意识创作的产物，其中的文学成分不是很纯净的”；“我们就不便再把唐传奇当作笔记小说看待了，尽管它同笔记小说有着渊源关系”。[①] 但是，毋庸讳言，还有编选者对于“笔记小说”的概念是缠夹不清的。比如，自《笔记小说大观》之后，1978—1987年台北新兴书局出版的《笔记小说大观丛刊》，1990年、1994年先后由周光培编辑出版的《历代笔记小说汇编》（辽沈书社）、《历代笔记小说集成》（河北教育出版社），1999—2007年上海古籍出版社出版的《历代笔记小说大观》，规模都很庞大，然其所收的没有小说意味的笔记触处可见，显然它们都是受王文濡的影响，将笔记与小说混为一类的。还有的，甚至将传奇、通俗长篇小说都纳入“笔记小说”之内，如有《清代笔记小说类编》一书，其《总序》说：“全书以传奇体小说为入选重点，从清人所作的约一百五十部笔记中选取二百余位作家创作的约一千九百篇作品，按类分编成十卷。”[②]我真不知道他选的究竟是传奇还是笔记。还有的竟然将《岭南逸史》《儒林外史》这样的长篇通俗小说也归入“笔记小说类”。[③] 此外，还有不少人将“笔记小说”与从语言上分类的“文言小说”混为一谈。如江西人民出版社1984年出版的《历代笔记小说选》称：“我国古代短篇小说，可分为两种：一是笔记小说，一是话本小说。前

① 严杰《唐五代笔记小说选译前言》，《唐五代笔记小说选译》，巴蜀书社1990年版，第1—6页。

② 陆林《〈清代笔记小说类编〉总序》，《清代笔记小说类编》，黄山书社1994年版，第3页。

③ 《新闻报》1929年4月2日载大华书局广告。

者是用文言写的，后者是用白话写的。”诸如此类，可见对于“笔记小说”的理解真是五花八门，难怪程毅中、陶敏等先生站在不同的角度上大呼“笔记小说”的提法“于古于今都缺乏科学依据”，[①]“造成了许多混乱”。[②] 的确，这种混乱的局面再也不能继续下去了。

如今，我们要厘清“笔记小说”这个概念，就应该既要尊重历史演变的实际，又要解开一个结。这个结，就是要在正确认识传统的“大文学观”与目录学的基础上，去顺应近现代中西文学交流下的文学观念的通变，接受新的“小说”观，从而重新审视传统的“笔记”与“小说”。我们不能简单地认为接受新的小说观就是“以西律中”，抛弃传统。事实上，中国传统的包括叙事文学观在内的文学观本身也是在不断地发展变化，对于“文学”不同于学术乃至其他所有“文字著于竹帛”者而自具特性的认识也在不断发展与深化。就“小说”而言，对于这一文体的叙事、写人、虚构等特质的认知也是在一步一步地从混沌走向明晰，所以当西方的小说观传入后就能一拍即合，相互融合，形成了一种新的“小说”文体观。20 世纪以来逐步形成的所谓“小说”，乃至“笔记小说”“传奇小说”“话本小说”“章回小说”等名目，都是在立足本土、借镜西方、反复

---

① 程毅中《略谈笔记小说的含义及范围》，《古籍整理研究学刊》1991 年第 2 期。

② 陶敏、刘再华《“笔记小说”与笔记研究》，《文学遗产》2003 年第 2 期。

讨论的过程中形成的具有中国特色的新概念。这种新的小说文体观的确立与分类的细化，正标志着中华民族文化的进步，也显示了我们民族具有包容与消化世界先进文化的胸怀与能力。实际上，我们对于古代与西方的文化，都应该以一种辩证的、发展的、现实的眼光来看待，站在当代的、中国的、科学的立场上来接受与扬弃。承传中华民族文化的优秀精神，不是要倒退，而是要向前。假如今天不接受百年来形成的新的小说观，再将古今两种小说观搅在一起的话，“笔记”与“小说”的糊涂账将是永远算不清楚的了。

当我们辨明“笔记小说”四字的前世今生，再面对现实的发展态势，我相信将来的发展可能不用学者们过多辩说，事实上会“约定俗成”地形成这样的情况：“笔记小说”四字即表达了“笔记体小说”或“笔记类小说”“笔记式小说”的意思。这已为自梁启超以来的百余年历史所证明，绝大多数小说家及文学史、小说史专家，以及多数“笔记小说”的选本、丛书等出版物，都是将“笔记小说”理解为用笔记体写成的、大致符合现代文体分类中具有“小说”意味的作品。它是“笔记”的，也就是不同于有完整故事的传奇，更不是通俗长篇之作，而是一些随意编录的零简短章；它是含有现代所理解的“小说”意味的，其核心是记事的，或实或虚，或真或幻均可，而不同于传统习用的内容没有边界、相互纠缠不清的“小说”“笔记”“说部”“杂说”等名目了。

至于将“笔记”与“小说”混成一体的、甚至再羼杂“笔记”“小说”之外作品的“笔记小说”观，虽然在一些选本与丛书中偶然还看到，但实际数量是并不多的。而且我们还应该注意到，不少选本与丛书的选家，为了避免混淆“笔记”与“小说”，就干脆只用“笔记”之名而摒弃了因古今理解不同而容易引起歧义的“小说”两字，在《笔记小说大观》之后，就出现了为数不少的唯名“笔记”的选本，如姜亮夫编的《笔记选》（北新书局1934年版）、陈幼璞编的《古今名人笔记选》（商务印书馆1938年版）、叶楚伧主编的《历代名家笔记类选》（正中书局1943年版）、吕叔湘编的《笔记文选读》（文光书店1946年版）、刘耀林编的《明清笔记故事选译》（中华书局1962年版）、《历代史料笔记丛刊》（中华书局于1979年起编刊）、周续赓等编的《历代笔记选注》（北京出版社1983年版）、福建师范大学历史系华侨史资料选辑组编的《晚清海外笔记选》（海洋出版社1983年版）、卉子编的《中国古代笔记文选读》（四川少年儿童出版社1986年版）、偬仕编的《魏晋笔记选》（中国文学出版社1999年版）、黄飙编的《历代笔记选析》（海峡文艺出版社2015版）、倪进编的《唐宋笔记选注》（上海教育出版社2016年版）和《元明笔记选注》（上海教育出版社2018年版）等等，其中有的甚至主要或全部收的是“笔记体小说”，也宁可用“笔记”之名而不带“小说”两字了。这与1983年江苏广陵古籍刻印社重刊《笔记小说大观》的序言提到的一种看法完全相同：“笔记就是笔记，联带上‘小说’有点不伦不类，不如叫《笔记大观》为好。”①这的确既遵循了传统，又避开了混乱，可谓是明智之举。以后欲将“笔记”与“小说”混为一类的选家，不妨都照此办理，只用“笔记”或“说部”之类中国传统的概念来标名，恐怕不失为一条坚守传统的老路吧！

至于有时要将“笔记”与“小说”放在一起并称的，那就比较简单，只要中间加个顿号就解决了。

这样，用三种方法来表示三类本来纠缠不清的“笔记小说”，就不会相混了。我相信，历史的发展必然会继续沿着百余年来已被多数学者所认同和走过的这条道路继续前进。

行文至此，话归正传。我们打开山西古籍出版社1995年始出版的《民国笔记小说大观》，共有四辑52种，其中除《曾胡治兵语录》一编外，大致都有现代意义上的“小说”味。如今又出《民国笔记小说萃编》凡24种，已无《曾胡治兵语录》一类的笔记了，但其中有三部书也可能会产生一些不同的看法。第一部是刘成禺的《洪宪纪事诗本事簿注》。假如从传统文献分类来看，它的基本性质是一部诗注。但它是用“笔记小说”类的文字来注的，其注98篇文字编撰了丰富而生动的故事，说它是笔记体小说也应该是可以的。第二部是《寒云日记》。“日记”本身

---

① 高斯《重刊〈笔记小说大观〉序》，《笔记小说大观》，江苏广陵古籍刻印社1983年版，第2页。

就是一体。这本日记又夹杂了不少有关诗词的著录、名物的考辨等，然“日记”作为按日所记之笔记，作者又以自己作为中心，用其简约、隽永的文字，逐日记事写情，还是具有一点“小说”因素的。第三部就是缪荃孙之《云自在龛随笔》。从此书的主要成分看，实是一部学术随笔，所记多为金石书画、版本目录之学，但中间亦可见多篇记事写人、饶有文趣之作。所以这三部书，虽然显得各有一点另类的味道，但就其实，用比较宽松的眼光来看，不妨也可列于“笔记小说”之中吧。

至于其他著作，几乎都是记述一些社会生活中的大小事件、人物轶事之类，作者当时往往将它们视为“掌故”“杂史”“稗史”之类的史著，未必认同这也是“小说”。本来，在古代笔记中有小说味的作品主要是两类，一类是记鬼怪，另一类是记人事。记人事的也有虚、实之别，当然是写实的居多。凡所谓稗史、掌故、野史、琐记、轶闻等等，名目繁多，都是以记人叙事为主。在晚清民国时期，倡导科学，因而多视记鬼怪者为迷信，不少作者有意回避。与之相应，此时做笔记者大都自命其作是为了补翼正史。作者又多生于高官世家，或本身就是名流学者，熟稔朝廷内外及学界文场的种种故实，所记多自亲睹亲闻，有的还到图书馆里翻阅书刊查证。笔下虽有一些是梳理了历史上的陈迹，但最可宝贵的是触及了晚清民国时期诸如宫廷斗争、外交风波、官场倾轧、吏治腐败、名臣功过、史事曲折、遗老姿态、名士趣闻等方方面面，且多标榜信实，自诩为良史。固然，这些笔记，从作者的写作意图来看，他们主要是想写“史”，而不是要创作小说。后来的历史研究者们，引用这些民国笔记中的片段时，也往往将它们作为故实来证史。它们“史”的本质毋庸讳言。

强调信实的历史著作，与可以虚构的文学创作，从现代学科分类来看，当然是两个门道。但是，它们最重要的一个内核，即记事，是相同的。古代朝中史官之记事，当然是一件十分严肃的事情，所谓“圣人之记事也，虑之以大，爱之以敬，行之以礼，修之以孝养，纪之以义，终之以仁”（《礼记·文王世子第八》）。但后来到民间记事，就未必如此郑重其事了，所记未必都是国家大事，也有的来自道听途说，再有的加些油盐酱醋，甚至有的还故意幻设了一些故事，于是就出现了所谓“稗史”“野史”“外史”，乃至“谐史”“趣史”之类，虽也称之为“史”，但此史已不同于彼史了。更何况，就是一些纪传体、纪事本末体之类的所谓“正史”之作，所记之事，所写之人，也有的富有文学意味，人们也常将它们当作文学作品来欣赏。一部《史记》，不是在“中国文学史”著作中也有着崇高的地位吗？与此同理，民国间那些用笔记的形式，所记的大大小小的故事、形形色色的人物，不也可以当作文学中的一类“小说”来欣赏吗？

事实正是如此。我们就以颇有代表性的瞿兑之来说吧。他在民国期间大力提倡“掌故学”，其主要精神是为了在“正史”之外用“杂史”来保存与发掘真实而完整的史料。有人称他是继王国维、梁启超之后，可与陈寅恪相颉颃的“史学大师”。[1] 他认为，自宋以后，在“正史”中已找不着“政治社会制度之实际情况”了，这是因为“自来成功者之纪载必流于文饰，而失败者之纪载又每至于湮没无传。凡一种势力之失败，其文献必为胜利者所摧毁压抑”。所以治史者“为救济史裁之拘束，以帮助读史者对于史事之了解”，必须“对于许多重复参错之琐屑”加以综合审核之后，“存真去伪，由伪得真”，所以“杂史之不可废”。更何况到了清末，“文字之禁骤然失效，从前闷着不敢说的一切历史上疑案”，人们都敢说敢写了，再加上私家印书方便，报章杂志风行，笔记杂事轶闻之作就纷然而起，以求在“史学上”做出贡献。同时，从文字表达的角度来看，他认为先前的《史记》《汉书》，“叙述一个重要人物每从一二节上描写，使其人之性情好尚，甚至于声音笑貌跃然纸上，即一代兴亡大事，亦往往从一件事故的发生前后经过著意叙述，使当时参加者之心理，与夫事态之变化都能曲折传出，而其所产生之果自然使读者领会于心。”但“后来史家每办不到而渐趋于官样文章之形式。所以然者，秉笔之人多少有一点公务的史职在身，而后代的文网较为苛密，加之私家的传说太多，不是公认的话不敢说，不是官式的史料不敢依据，因此虽然极好的史裁也受

---

① 周劭《瞿兑之与陈寅恪》，《闲话皇帝》，上海书店 1994 年版，第 113 页。

了限制，不能像《史记》那样活泼泼地了。”[1]所以现在他要从“杂史”中找回“正史”中早就不存在的那种“活泼泼”的文字，这也就使他们的“笔记”“掌故”等杂史之作带有了文学味、小说味。他们写的既是史著，但又可视之为“小说”了。且看其《枕庐所闻录》中有一则记张之洞曰：

> 张文襄虽主新政，而思想陈旧，亦出人意表。其在鄂督任时，公文不用新语，必苦思所以代之者。及入管学部，一日稿中偶有新名词。公批曰：“新名词不可用。”部员某年少好事，戏夹签于内曰：“新名词亦新名词，亦不可用。”次日更定上之，而忘去此签。公见而惭怒，竟日不语，遍翻古书，欲有以折之，卒不可得，乃霁颜谢焉。[2]

此短短数语，将虽主新政、思想仍旧的张之洞，围绕着“新名词”一词，对于属下批评后的神情变化，表现得惟妙惟肖。另见其《辛丑和约余闻》一则，就李鸿章签订和约事，写张之洞与李鸿章因两人所处的地位、经历不同而各持己见，各有意气，只用了一二语，即神情毕现：

---

① 瞿兑之《〈一士类稿〉序》，《一士类稿》，《民国笔记小说大观》第二辑，山西古籍出版社1996年版，第17—27页。

② 瞿兑之《枕庐所闻录》，《民国笔记小说大观》第一辑，山西古籍出版社1995年版，第27页。

> 辛丑议和之役，李鸿章一手主持，不免有徇外人之意太过者。当时急于求成，亦无人起而抗争。惟与俄国单独订密约一事，众议哗然，中外皆不以为然，卒未画押。张之洞、刘坤一争之尤力。相传刘、张联衔电李争持，实出张之手。李愤甚，电致军机处，谓："不意张督任封疆二十年，仍是书生意见。"张闻之亦惭怒，谓人曰："李相办和议事二三次，便为交涉老手耶？"①

与瞿兑之同道的有徐一士，写的笔记小说也多，他们两人一吹一唱，所持的观点完全一致。徐一士也认为笔记首先当写得"不违乎事实，而有益于知闻"，同时要有文采，"或为工丽之章，或具闲逸之致"。但在"专制之朝，王者为防反侧"，迭兴文狱，"故以当时之人而为私家之著作，处境綦难，有时饰为颂扬，良非得已。至清之既亡，则野史如林，群言庞杂，秽闻秘记，累牍连篇，又过于诞肆，楚则失矣，齐亦未为得也。"至于民初设清史馆，所编《清史稿》之类，"取材循官书文件之旧，评赞多夷犹肤饰之词"，根本无当于"史笔"。因此，他要将"有清一代，专三百年中华之政，结五千年专制之局，为世界交通新陈代谢之窔键"中的"是非得失"，"爬梳搜辑"，通过"随笔之体"

① 瞿兑之《杶庐所闻录》，《民国笔记小说大观》第一辑，山西古籍出版社1995年版，第194页。

来“贡一得之愚”。[1] 他自幼就好读《三国演义》《水浒传》《西游记》《封神演义》《聊斋志异》《儒林外史》《隋唐演义》《儿女英雄传》《三侠五义》等“闲书”，以听故事为乐，这种熏陶，就使他的笔记更有小说味了。其他收入此编的诸作，虽然文风有异，繁简有别，但大都如这样的一些文史兼备之作，读来皆有兴味。所以此编名之为《民国笔记小说粹编》，也可谓是名副其实，不知读者以为然否？

2022 年 1 月 2 日

① 徐凌霄、徐一士《〈凌霄一士随笔〉自序》，《凌霄一士随笔》，《民国笔记小说大观》第三辑，山西古籍出版社，1997 年版，第 8、9 页。

编纂凡例

《民国笔记小说粹编》，选编民国时期笔记小说名家名作，呈现民国笔记小说主要面目，以利阅读和研究。

一、命名。笔记小说是对文史掌故笔记著作的传统称谓。《四库全书总目提要》将掌故著作归于杂家及小说家等类，20世纪20年代有集古代掌故笔记著作之大型丛书《笔记小说大观》出版。至90年代，本社出版《民国笔记小说大观》凡四辑52种49册。本次整理选其精要，亦收新品，精编精校，名之曰“民国笔记小说粹编”。

二、收录范围。本丛书主要收录民国时期（1912—1949）撰写或出版过的文史掌故著作。兼收个别清末出版的重要掌故笔记，因这些清末著作实质上是民国笔记的先声，对民国笔记的繁荣发展起过巨大的推动作用；但只限于其作者为入民国后仍从事创作活动并有相当影响者。丛书所收民国笔记均在万字以上，个别有特殊价值的不受字数限制。

三、排版、文字。简体横排。

四、点校、加注。凡有多种版本的，择一善本为底本，他本作参校，需要时出校记；手稿或单一版本的采取自校。整理时原则上保持底本文字原貌，异体字一般统一为规范字（涉及古地名、人名、译名等的字不在此限），凡明显错讹缺衍之字、词，均做改正并加以标示，符号为：原稿残缺或无法辨识的字用"□"标示；错别字后跟改正字外加"（）"标示（以下情形不做标示：人名前后不一致的，径改为正确人名；词形不一致，原文即混用的，直接统一改为现代汉语规范字，如"看作""看做"统一改为"看作"）；缺脱字直接补充字外加"〔〕"，衍文外加"〈〉"。丛书正文不加注释，需特殊说明之处，做脚注，或于导言中予以说明。

原书未分段、标点者，均分段并以新式标点标点。如有整段引文或整首诗词等，亦分段。

特别说明：书稿中用语、用字、用法具有时代特征，与现行规范不合的，保留原貌，如"的、地、得"的使用；"右述""如左"等原有格式标指文字，保留原貌；特殊的公文（如法律条文等），原文未标点，保留原貌；音译外国人名、地名等，保留原貌。

五、撰写导言，拟小标题。本丛书每部书前均由编者撰以导言，对作者生平、版本流变及内容特点等予以简介。对未予随事标题之笔记，凡有条件者，均酌情拟小标题（此种情况须在导言中说明），以便索引及阅读。

六、原书中有"胡清""发逆""拳匪""蛮""夷"等歧视性称谓，以及某些不当观点，为保存原著全貌，保存原著作者观点，均未予删节或更改，特此申明。

由于时隔久远、资料不足，加之其他种种原因，本丛书虽纠正了原著诸多误载，但绝难尽善尽美，敬希读者予以指正。

民国笔记小说粹编编委会

2022 年 2 月

目　录

退醒庐笔记

健庐随笔

退醒庐笔记

孙玉声　著

导　言

孙玉声（1862—1939），上海人，室名退醒庐，别署警梦痴仙，海上漱石生。清末民初著名报人，小说家，上海掌故专家。自称弱冠应童子试，光绪二十九年应顺天秋试，但以后即不慕功名，长期在上海从事新闻写作事业。庚子年(1900)，任上海《新闻报》总主笔；又别创《笑林报》，与李伯元之《游戏报》对当相望。此外，尚主持《繁华杂志》之稿务。孙玉声是上海报界的老前辈，主持风雅，乐于交游，耽于吟咏，有山水癖，对上海文坛轶事及风俗掌故极为谙熟。《退醒庐笔记》即其掌故杰作。

本书最早单刊于1925年秋，署名海上漱石生，分上下二卷，共一百五十一则，专谈上海文坛轶事及沪上风俗，间涉其他掌故。由于孙玉声的特殊地位，所记文坛轶事均为亲身所历，如“天南遁叟轶事”述王韬惧内，“吴昌硕三绝”述缶庐主人艺海生涯，“李伯元”述南亭亭长首创上海小报之经历，“《海上花列传》”述韩子云执意以吴语入小说之初衷，“汪笑侬”述此旗籍伶隐“慨清政不纲，愤然弃轩冕以习须生戏自娱”之经历。这些均为一时趣事，更为极难得之第一手资料。述上海风俗者，则侧重于生活趣事，凡山水胜迹、花草珍品、动物怪异、奇医妙方等无不可入之书中，引人入胜，既如志异作品风味，又犹入童话境界。如“钟馗画”考述之精练，“看潮”描述之神似，“天香阁韵事”论人之公允，“秋雪”记事之罕见奇特，均可称上品。而其初衷又往往在于劝善，令人想见玉声老先生达观处世、与人为善之精神风貌。

此次整理，以文海出版社《近代中国史料丛刊续编》（第八十辑）之《退醒庐笔记》为底本。小标题序码为编者加。

王灵善

序　言

无才以著书穷，有才而不著书亦穷。然才矣而第以著书见，岂遂不穷乎哉？盖天生吾才必有所用，果得其时，为管、葛可，为皋、夔亦未始有愧色也。独至时命不齐，乃不得不退而穷愁著书，以一发其胸中郁勃不平之气，不然，以孙丈玉声之才、之学、之识，出而匡济时艰，岂异人任？乃天独靳之而令其才、其学、其识用以擠拄报界者二十载，犹以为未足置之至穷之地，复令其才、其学、其识用以闭户著书者二十载，而丈亦委心任运，乐天知命，甚至达官贵人愿保经济特科，毅然谢绝，不欲以征士名。而独运其才、学、识三者之长，著稗乘越三百万言，剞劂告成，藏之一室，怡然自得，曰："夥颐！天虽穷吾遇，今若此，穷士不可为而可为也。虽然，吾犹将萃吾之才、之学、之识，仿史家传记体裁，将平生所闻见著笔记若干万字。"于是精心结撰，亘两禩而书成，署曰《退醒庐笔记》。师腐迁之史笔，谢蒙叟之寓言，而老笔纷披之中，又复磊落英多，绝无颓唐枯涩之语病，古所谓老当益壮，穷而后工者，丈得两兼之而无愧，是翁洵矍铄哉！民国十四年乙丑孟秋，颍川秋水序于元龙百尺楼。

上 卷

一 合璧纨扇

清光绪中叶，夏秋间风行纨扇。明月入怀，清风在握，人争喜之。予尝以之丐金蟾香粟作双面画之仕女图。双面画者，一面为正相，一面为背影，而日光或灯光下照之正背各成章法，且起笔及收笔处不差累黍，诚为巧不可阶，然非习之有素者不敢轻易下管也。蟾香固名画师，为余绘一垂髫之古装女子，倚栏立梧桐树畔，凝眸望月，若有所思。正面视之，梧桐与月在右，反面乃在左，人则亭亭玉立，飘飘欲仙。予见之颇为激赏，戏谓有此妙画，惜无双面字之妙题以成合璧。一日，谱弟葛翥先茂才鸿翔过访，翥先工小篆，谓当作句以题之，持扇欣然而去，越三日至，则已于画隙题七言二句曰："亭亭小立玉阑干，月上梧桐金井寒。"篆书"月"字作○，"上"字缺右旁之一小画，"梧桐"二字之木旁各书于上端，故得天然巧合，反视之则成"月上梧桐金井寒，亭亭小立玉阑干"，句义亦毫无牵强也。尤妙者，于梧桐树根之旁复题“秋思图”三字，有图书一方，竟为“金粟”二字，题处亦有图章，则其正面为“美人香草”，反观之成“香草美人”。印于起句之第二字，一面似起首章，一面成压脚章。运思之巧，作篆之精，得未曾有，一时见者皆称道不置。今绘者、题者皆已归道山，扇虽犹存，睹物思人，不忍展视，惟有什袭藏之，以俟后人付装池家拓成册页，以垂不朽而已。

二 赵㧑叔轶事

浙杭赵㧑叔先生之谦，工书魏碑，兼精篆刻，艺林得其寸纸片石无不珍如拱璧。闻其少年时曾为某县幕宾，县令亦以能书著美尽东南，雅称相得。第入署既久，求书者每乞令而不及赵，赵乃悒悒。适令需图章两方，丐赵奏刀，赵诺之而不以报，令促之，赵愤然曰：“君作书，欲余镌章，日以尊名压余上，以余为何如人，岂君八法之工果愈余十倍耶？”于是竟飘然辞馆去，至维扬鬻书。时维扬多盐商，半喜征求书画，不惜重金，讵赵居月余，只一人曾三顾其庐，初次书一联，二次为屏，三次为扇，余无一人。乃思扬城若是其大，惟此三顾者赏识，有真可为知己，当往访之。因怀刺造门清谒。阍人投刺入，俄顷即出，以挡驾辞。赵坚欲一见，阍人乃复入白，旋延之至书厅，而主人久不出。赵见厅中陈设富丽，四壁琳琅，所悬皆为名人书画，赏鉴不已，第己书之联及屏条皆未及见，以为当在别室或付箱内收藏，亦姑置之。后于无意中见一字簏面露宣纸，既皱且裂，而度其尺幅似为弃置之联，乃取视之，则赫然为己所书也，再视簏中，屏与扇亦无一不在，不禁讶诧欲绝，而斯时适主人出见，爰急依旧纳诸簏中，叩主人以弃置之由。主人莞尔笑曰："先生初至敝地鬻书，余以为必具有绝大手笔，故照润请书一楹联。归而视之，魄力工候佳处莫名，殆不以擘窠大字见长而工于屏幅者，故越日又求屏幅，乃亦与楹联等，不得已再求书一便面，以观小字之间架结构，讵意俗眼仍难鉴别，因俱置诸案头未加装裱，不图为仆从辈误投字簏，先生其乞恕谬妄。"赵闻言气沮色变，跼蹐无以自容，唯唯兴辞而出，翌日即束装离扬，遍游诸处访道，且日必书字数百，寒暑无间，越数年而名乃鹊起，卒成一代书家。古言"不经磨炼不成材"，若撝叔先生其有焉，然亦见古人之勇于服善，故能深自敛抑其年少骄矜之气，乃有此克享盛名之一日也。此事天台刘山农先生为余言。

三　天南遁叟轶事

天南遁叟王紫诠先生韬，风流文彩卓绝一时，所著《淞隐漫录》一书有"后聊斋"之誉，其他已刊，未刊诸作无不为时人所称诵。暮年总持《申报》笔政，时予主政《新闻报》，故得朝夕过从，极文酒流连之乐。先生嗜西餐，而尤喜飞笺召北里姝于席间典觞政，以是福州路一品香或江南春西餐馆，每至夕阳西下后，先生与予时觞咏其间。第餐后先生必携座上所余之外国馒头以返，同席或询何用，则以饲金鱼对。继见其每餐如是，一日予偶询其仆从某："汝主人共蓄金鱼几何，有无异种？"其仆辗然笑曰："君以吾主携归之外国馒首果饲金鱼乎？缘主人好游，西餐外更喜赴绮筵，主母以主人年老，讽劝兼施，主人乃异想天开，取餐馆所余之外国馒首归储诸别室，如某夜因赴绮筵歌缓缓归之句，则取馒首以告主母，谓某友约在某馆西餐，以致迟迟，有馒首可证。甚或取请客票之不写日月仅一'即'字者，于怀中检出以实之，主母每为之释然。故君等如请主人西餐，以后请客票可只书一'即'字，主人更别有妙用也。"予闻忍隽不禁，三畏并畏夫人，不图此老竟亦惧内，然当时之知其事者固甚鲜也。

四　轮船出浅

清光绪辛卯，余应顺天秋试，归时火车未通，由天津乘招商局海定轮船。启椗后，抵唐（塘）沽将出口矣，忽水浅被胶，不能复驶。司机西人急打倒轮退至略深处暂泊。佥谓将俟潮至复开，不意船员忽率水手登陆，云当以牵绳縋之出浅。余思轮船具何等重量，牵绳之力何由而施？乃亦登岸往观。见船员于百步外之旷地上，觅得大可逾抱之老树两株，欣然色喜，立命水手回船舁粗逾人臂之二巨索至，于树根各系其一作交叉形。索固甚长，其端仍由水手舁之回船，紧系船首下层之二铁墩上，中段则抛之入水。司机员又打倒轮，开行约逾二分钟，巨索浮出水面，再逾一分钟，二索紧挺作直线，猛觉向前捷驶若努（弩）箭之离弦，而淤浅处出矣。盖舟往后退，索往前拽，卒之得借巧力以出浅，故非大逾合抱之树不克胜任也。夫以轮舟之巨乃取法小舟之用牵绳，此当为航海者所仅见，于以知西人驾驶之有时以智巧从事，其用心殊出人意外也。

五　杨村

辛卯岁，余之北上也，抵天津后久雨初霁，道路泥泞，若雇驴车，土道不能行驶，须由石道入京，途中颠踬殊甚，因买舟赴北通州然后雇车，虽水程多一绕道之劳，而通州离京仅四十里，车上较为安适。第北人不惯操舟，且运河水浅，时有流沙淤塞之处，舟上有篙无橹，行程甚滞，沉闷异常。小泊杨村之夕，闻有鼓乐声风中吹至，以为岸上村民有喜庆事，询之舟子，舟子以社公庙演剧酬神对。余正苦舟中岑寂，乃登岸散步，寻声往观。行一里许始达庙，貌不甚宏敞而观剧者肩摩踵接，类皆当地乡民，两廊亦有看楼，人多实不能容，即中庭亦无驻足处。台上正演《十字坡》“打店”一场，饰武松之武生衣密门钮扣短衣，袖口似已破裂；饰孙二娘之武旦衣蓝洋布衫裤，服装朴陋，殊为目所未睹。台口及两庑之檐悬篝灯三十余盏，其制法以竹为环，贯以竹管，竹管上置瓦油盏头，盛油于内，燃以灯草，土名谓之灯廊，光甚黯淡，故视物不甚了了。幸台之左右有二人执火炬各一高擎照耀，始得略辨面目，其火炬以竹片为之，与南方之篾荧无异，惟是时有遗烬散落，颇为可险。余立未数分钟，即出觅道回舟，不意来时听鼓乐为导，至庙甚易，今则归途不复能辨，且所经又为旷野，月黑星昏，行人稀少，纵欲问讯而不可得。正惶遽间，舟子以余迟迟未归，携灯炬来寻，始获偕返。回忆少年毷氉，几至深夜迷途，至今殊引以为戒也。

六　金顶妙峰山

金顶妙峰山在北京西七十里，每年夏历四月十八为香汛期，朝山进香者极众。光绪丁未夏，余因事旅京，忽游兴勃发，乃襆被雇驴车往，第一夕宿海甸，次夕始达。途中经万寿山，林木森秀，宫殿参差，风景殊胜妙峰山。周围约十〈余〉里而高则三倍之，山下居民类皆土宇，其地之贫瘠可见。余与驴夫借宿一旗人家，瓦屋三楹、砖炕一座，已不易觅，晚间进餐，脱粟之米既黄且糙，不能下咽，看则青菜半瓯、猪肉数片，似已极丰。余笑却之，宁以所携面包充饥。翌晨天将破晓，驴夫雇山轿至，促余登程，并嘱多带寒衣，兼以绒毯置诸轿中。时余所穿系夹衫褂，姑携珠皮袍褂而往。启行后东方渐明，薄寒料峭，急易珠皮褂，逮登山渐高，寒气益甚，易珠皮袍体犹不温，齿牙震战，舆夫嘱以绒毯为裹，始获勉忍。行约十里许，红日一轮破云而出，乃觉微有暖意。又十里而山程及半，路忽渐低，若步步往下者，然过此一二里山径始复高，愈行愈峻，亦愈窄愈险。舆夫凡四人，行时手中各携一木杖，每遇不能着足之处急即支以木杖，悬其一足而过之，其艰险可知。抵峰顶时日已亭午，余下轿入一庙中暂憩。庙祝为茅山羽士，导余遍游诸处，讵除神殿之外别无亭榭园林，惟此庙建于峰顶，足以随处俯视一切，眼界为之一扩而已。庙之正殿祀娘娘，不知其为天后观音或为玄女，无从考证。缘进香之土人及庙中羽流皆浑言之曰娘娘也。余散步一过，知客羽士导余入斋堂进餐，系素肴五簋四碟，皆腐干、面筋之属，饭亦黄糙不堪，余令易之以面，黑而且粗，咀之且有渣滓，盖山中风厉，有沙泥飏入也。惟时余腹实已枵甚，不得已立罄二碗，肴与饭则令舆夫食之，而给羽士以银币四枚，羽士似甚色喜。大约北人素主节俭，故已不为菲矣。膳后即下山，见山轿皆倒抬，乘舆者罔不面山而下。余询舆夫何为若是，舆夫谓下山时峰高径险，恐乘舆者惊心骇目之故。余自恃登山涉水胆气素豪，欲力矫之，乃微笑端坐下。讵行未里许，目睹所经之处类皆削壁巉岩，其下深不见底，所乘舆时若摇摇欲坠，竟致不能注视，且觉头晕万分，始信舆夫之言不谬，乃亦从众反坐，始获安适。途中得《山行竹枝词》八首，惜稿已散逸，不能复录，只忆其一云：“山轿如何忽倒抬，昂头天半看山回。行行行过危崖顶，下有深溪眼怕开。”盖纪实也。逮夫日色既晡，始返旅居，回视山中，忽睹明灯万盏自下而上，或疏或密，如繁星之在天，灯以松脂油燃之，外罩玻璃洋泡，故得风中不熄。据驴夫言，每值香汛，山中必燃灯三夜以照进香之人，今为第一夜，昨宵故未之见。至于山中寒冷，上年因某日忽起暴风，竟致冻毙百数十人，上海《申报》及《新闻报》曾载此事云云。余闻言为之悚然，盖此报昔曾寓目，惟忘其即为妙峰山事耳。

七　三眼竈秀才

某秀才，轶其名，磨穿铁砚之后裔也，文不甚工而目短于视，书法如春蚓秋蛇，开卷即厌，以致屡试未售。会以抄袭窗稿获隽，而文中有一“竈”字，誊写时竟占及卷中三格之长，于是人咸戏呼之为“三眼竈秀才”,士林引为话柄。乃前清光绪初叶事。然较之《制义丛话》载某文童雇枪替入场，文中有“盖汤之于天下也”一句，作稿者字迹潦草，致童误以“盖”字之上截作“羊”字、下截作“血”字，而又以“之”字作“三”字、“於”字作“打”字，卷中竟成“羊血汤三打天下也”，阅之颇足令人喷饮。又试帖诗中有“茶竈”二字，考童以“竈”为“鼀”字，竟致误书“茶鼀”。某笔记曾载其事，谓与“酒鳖”恰成绝对，犹觉此善于彼，于以知科场中正多引人绝倒之笑谈也。

八　叶三爷

沪南有叶三爷者，佚其名，吴之洞庭山人，富有财产而不修边幅，垢衣敝履，终年懒于栉沐，人望之若处境甚为偃蹇者，中年嗜阿芙蓉，积秽尤甚。性豪于赌，一掷千金无吝，然身畔每又不名一钱，负则当众署券，令翌日至其所设之汇划庄如数取资，胜则怀现金以去，习以为常。某岁值新正宴于友人家，酒酣，座客皆赌兴勃发，撤筵作四君子戏，叶口中适咀啮橄榄，吐其核，声言作五百金，三压青龙三捷，不复下注，弃核携所获资欣然出游，赴石路金桂轩观剧。时夜已将半，门者见其衣服蓝缕，疑为观白戏来者，阻勿令入。叶怒拂衣径进，门者竟挥之以肱，叶始踉跄出，第默然无一言，忍辱而返。翌日令人召金桂某案目至，言今夕欲请客，头二三四排正厅全包，不准另售他人。凡客有谓叶三爷所请者，方令入座，不得简慢。案目唯唯去。入晚后，金桂甫开锣，即有鸠形鹄面、裋褐不完者五六人昂然而来，谓叶三爷今日请人观剧，故我辈相偕至。园中人见其酷类自卑田院中来，三爷不应有此等宾客，罔不骇诧，然以叶有言在先相戒，不敢慢，故导之入座。移时又有人络绎至，赫然皆乞儿，别座中观客咸大哗，相率避席欲去，后至者更不愿就座。园中人始疑必有获罪三爷处，乃有是举，旋侦知隔昨门者拒叶事，急央人至叶处服罪，恳请掣回此辈丐者。叶始一笑，出鹰饼二百枚，以百枚偿戏资，百枚令转给观剧诸丐每人得一枚，使之远去，并戒此后园中对待看客切勿再蹈只重衣衫恶习，致损营业，其事始寝。盖诸丐固由叶召之使来，以报隔夕之辱也，时在清同治八九年。余幼闻舅氏李公若泉言之，并谓观人者目光宜远，不可皮相失人。金桂轩之受此惩戒，良由门者一念欺贫所致，抑知侮人之反为人侮，君子所以涉世之贵谦也。

九　曹麻

沪南曹某，面有麻，人皆以“曹麻”呼之而真名反隐。其祖以业盐起家，积资甚厚，麻不事生产，所交多淫朋狎友，浪费无度，家业渐致中落，第放纵犹如故。清同治初，西商于泥城桥跑马场举行春秋赛马，观者少见多怪，意兴甚豪，时车马甫经驶行，纨绮子咸挈北里中所欢之人赁车往观，极逸兴遄飞之乐。某年春赛，曹与意中人订约偕往，令人至马车行税车，讵各车已为人争雇一空，竟不可得。曹乃大恚，询人洋场中共有马车若干，人以百辆左右对（当时不过此数），曹即挟资亲赴各车行，凡翌日未经有人雇坐之车一一预定之，共得车五十辆有奇，次日自与意中人乘一车，余车悉令尾随于后，累累然鱼贯而行，以为笑乐，一时见者罔不惊诧，谓曹氏此举实为创见，而北里中曹之名乃大著，趋承惟恐或后。久之，曹氏竟以挥霍败家，中年后潦倒殊甚。按此事与《查潘斗胜》

京剧中之查三标叫船如出一辙，设当时查三标亦实有其事，岂荡子之游戏三昧果皆别具肺肠耶？然祖宗创家不易，奈何后人视金钱如粪土，卒召破家之祸，噬脐已嗟无及，殊可慨也！

一〇　接龙奇谶

以骨牌三十二张为一副，谓之“龙牌”，不知始于何时，殊不可考。惟以此牌为接龙之戏，近有浙湖八十余岁之某老人言，实始于清代高庙宫中。牌为天、地、人、和、三长、四短各一对及二六、三六各一张，共二十四张，按二十四节；而剔去三五、四五、对七、对五、幺二、二四武牌八张，取八方偃武之义。曰接龙者，以龙为君象，接之得绵绵不绝也。抑知高庙创为是戏，适符有清国祚纪年之谶。盖此二十四张之接龙牌共为一百七十七点，以二十四节为一年，计自高庙初元以迄宣统，计乾隆六十年、嘉庆二十五年、道光三十年、咸丰十一年、同治十三年、光绪三十四年，宣统虽只三年而第四年之黄历已经刊出年号，亦可谓之四年，合之恰符一百七十七年，至此而龙脉告终不能接续，高庙若有预知之明。方今武夫乱国，八方不宁，殆应龙已接完，武牌纷纷崛起之象。所可虑者，若亦以牌上之点数纪年，则以四五、三五、对七、对五计之共四十一点，恐需四十一年之久然后有幺二、三（二）四之所谓至尊者出，制胜各牌，无敢与抗。第至尊俗呼为野皇帝，苟因时局久久不靖，致肇外人干政、入主中国之悲，可慨莫甚于此云云。老人之语若是，其意义虽出之穿凿，然颇觉道人所不及道。矧前半已往之事既若谶兆适符，则后半未来之预言何妨姑志之以觇异日，且为恣意乱国之武夫警，将来幸勿竟应此谶耳。

一一　笪重光轶事

笪在辛太守重光，一号郁冈，别篆江上外史，亦曰扫叶道人。句容人，清顺治壬辰进士，尝一麾出守，筮仕江西，以读书种子现宰官身，治政余闲好弄柔翰，书法苏米，画工山水兰竹，缙绅之乞得者咸争宝之。署素有狐仙而并不作祟，且耽吟咏，每当月白风清之夜，辄闻呷唔声。笪莅任后初不之信，既而有《衙斋即事诗》四绝置诸案头，翌日忽得和作，笔致超脱殊甚，疑必幕府中人所为，然遍询之皆不承，始忆为狐。乃作书焚于空庭而告之，顾与为友，以慰岑寂。越夕，案上得复书，允彼此缔神交而不相觌面。自是互有唱和之作，相得甚欢。一日，笪晨起见室中忽列果碟四，一为枣、一为姜、一为梨、一为粞粉，心知为狐所贻，第莫名其赠物之意。继忽恍然大悟，盖枣者早也，梨者离也，姜与粞谐音实江西也，时境中适盛谣有土匪将次作乱，意者是间不可复居。因急弃官夜遁而去。不数日，乱果大作，府署竟为灰烬，笪获幸免于难。然事平后朝廷罪笪，以其不应临变脱逃，穷加搜捕。其时清政尚苛，株及珍藏笪所书屏联扇册之家，疑其与笪有交，暗为隐匿。乃笪所书各件其款字忽半皆破碎，甚至不可辨认，概若鼠啮虫蛀者然。当时人咸诧以为异，后悟亦为狐之作用，藉免官吏搜获，指为与笪交好，波累士绅之故。狐亦可人矣哉！此为名医戴芦溪先生言。余家藏有笪书之六言阔琴联一副，句为“凌清风而摩汉，披白雪以开筵”，其署款“笪重”二字仅存其半，惟“光”字与图章完全，先生以为真迹也。

一二　姚景春轶事

姚景春，清道咸间沪上巨绅也，才思颖异，富于擘画，所交多达官贵人，群拟登诸荐剡。惟秉性特异，畏闻鸣金声，闻则骇惧万状，却走惟恐不及，知不宜于仕途，因无梯荣想。时同邑有徐绅者，忌其才思，抵隙蹈瑕以去之。会姚受省宪委任督建某官署，自创始以迄落成，经之营之，心力交瘁，惟是工程既巨，开支即不无过靡，徐乃以报销不实、吞蚀库款为词控之官。案发后邑宰不能判，移省讯理，转辗经年，姚坐是破家，幽居狴犴之中，凡昔时相契之各官僚绝无一人为之援手。爰于沉郁无聊之时，忆内外各官之升降迁调，以色子之一二三四五六为赃，由良德功才成升官图一帧，以讯官场不啻博场，所注意者为财而所难得者为德。图成流行于外，即今夏历新年博戏中之老升官图。是后徐绅以红巾之乱坐密助嫌疑，由县解省待决，所住监房适即为姚当日羁禁之室，狱墙上有“你也来了”四大字，墨迹淋漓，酷类姚之手笔。徐见而讶之，急询监役为何人所书，监役果以姚对，并云此为其出狱时亲缮，言频年身遭缧绁，实为忌者所诬，天道如果有知，其人他日或亦至此，姑留四字以证将来云云。徐闻为之悚然。无何徐竟毙于狱，姚则于出狱后亦侘傺而死，其所居旧上海县东即今五福胡同，住屋久已发封入官矣。此闻之于余外舅姚公鸿溪言，绅盖同族也。

按以骰子为博具掷升官图，尝阅明朱国桢《涌幢小品》笔记，唐代已有之，当时名“选官图”，唐人谓之“骰子选格”，中州房千里有序云：“安知数刻之乐，不如数年之荣。”是则姚之作升官图实有所本，惟清代则为创举耳。

一三　杨柳楼台

仓山旧主袁翔甫先生祖志，为随园老人之孙，著作等身，才名遍大江南北。晚年赁庑沪北四马路之胡家宅，适其地有杨柳一株，临风摇曳，图画天开，先生因颜其居曰“杨柳楼台”。一时骚人逸士争相过从，诗酒留连，殆无虚夕。居数载，下至贩夫走卒无不知有杨柳楼台者。夫以区区半弓之地、一角之楼，设他人居之，虽有杨柳，安足萦怀？虽有楼台，谁为注目？乃以先生之故，竟而地以人传。始知人杰地灵，古人言确有见地。今虽沧桑变易，杨柳为摧，楼台已渺，而过其地者犹时忆先生当日折柳怀人、倚楼觅句时也。

一四　吴昌硕三绝

安吉吴硕昌先生俊卿，工诗、书、画，三绝名下士也。三绝中尤以籀书见重于时，《石鼓文》笔意绵藐，古气盘旋，世人无与抗手；行草姿势遒劲，力透纸背。画则自成一家，无论山水、兰石、花鸟，著墨不多，自然名贵。以是凡得其寸缣尺幅者，无不珍逾拱璧。惟先生之诗，题画以外见者甚鲜。前清壬辰、癸巳间，先生卜居沪南之升吉里，与予家相隔咫尺，以是暇辄晤叙，曾出其《舟中杂诗》见示，云："江南秋一色，望望极萧晨。抱惜古怀月，游拼独去身。海风芦折处，秋雪雁栖频。我亦怀归者，蹉跎问水滨。"又《题折枝菊》七绝云："吴淞江口海西隅，采菊人归羡隐居。乞得一枝供下酒，《汉书》滋味欲输渠。"又《寄万萍波》五律云："十月北风作，天明啼晓鸦。孤帆悬碧落，一浪卷芦花。有客诗为寿，无貂酒竟赊。萍波添几顷，忘却是浮家。"古色古香，不同凡艳。又忆其《洋场即事》七律一首，其起二句云："绕脚黄尘拂面沙，更无隙地草萌芽。"此十四字竟将租界马路风景和盘托出，笔力何等雄浑！惜原稿已失，全诗今不复记及。先生更善铁笔，求者趾错于庭，有应有弗应者，应则奏刀砉然，俄顷即就，不应则虽啖以重金不为所动，其品之高尚又如此。所居之室曰“缶庐”，故诗署“缶庐主人”，又以暮年苦为铁笔所累，故自号“苦铁”。

一五　风异

湖州有村曰北圩，人烟三百余家，居其地者尽为猎户，黄发垂髫，并怡然自乐也。清光绪某年秋，忽起飓风，拔木偃禾，历一时许乃息，村中房屋栋折榱崩，倾覆竟尽，人民死伤无算，幸存者只有三家及一小庙，片瓦无损。附会者遂以小庙为神灵呵护，其三家则先世必有隐德，乃免于难。夫同处一村，同一大风，何以三百余家之屋俱遭浩劫，存此三家？先世隐德之说殊足以资劝世，若曰神灵呵护，则何不并一村而护之，乃仅护此区区一庙？神之偏私当不若是，故不如谓庙祝亦有隐德于理为近也。且灾定后，有某村民一家数口，坍屋时俱踡卧桌下，越日经官役剔除瓦砾，一一拯出，不特俱幸未死，且无一受伤者。屋主为一老叟，其人果忠厚长者，一乡素有善人之目，于以见隐德之说为不虚也。按此事为朱丙一大令言，大令时需次浙垣，奉上峰命亲往勘灾，详睹之。

一六　咒蛇

朱丙一大令又言，嘉兴北门外荷花堤有乡童就地小遗，突来一毒蛇猛啮其股，童大惊而踣，蛇即蜿蜒去，而被啮处顿即红肿，痛不可忍。乡间无良医，欲治不得，仅向药肆购雄黄涂抹，痛不止而肿势益甚，家人惶迫莫知所措。童之居适在水滨，有划船夫驾舟经过，闻呼号声而异之，泊舟登陆，询知巅末，谓自幼得异人授咒蛇术，或可疗治。乃令掖童仍至原处，忍痛蹲伏于地，已则喃喃诵咒，少顷来一蛇，戒众人勿击，蛇绕童所蹲处游行一周，昂然而逝。划船夫摇首曰："非是。"复喃喃诵咒如前，又来一火赤练，长三尺许，厥状可畏，仍以勿击戒众人，此蛇闻划船夫咒若奉令惟谨者，旋至童之身畔张口力呵其股，众恐复被啮，相率大哗，划船夫摇手力阻者再，而童则自经蛇呵之后，呻吟之声渐止，红肿亦渐消退。移时，蛇僵卧不动，划船夫令取一浴盆至，盛以清水，驱蛇入盆中，复向持咒，蛇始昂头掉尾，游出浴盆向草际遁去，而童已自地一跃起，痛楚尽失。似此奇术，划船夫谓得之异人，诚为可异，特咒之来仍咒之使去，勿伤蛇命，岂中毒者既经治愈故不忍加害，蔼然仁者之心欤？其如毒蛇不斩之，将来仍恐伤人何？

一七　南巡轶事

清高庙南巡时，驻跸镇江金山寺，相传方丈僧某一日随跸至江干散步，上见江中舟楫往来如织，戏问僧曰："汝知有舟若干艘？"僧从容曰："两艘。"上曰："如是帆樯林立，只两艘乎？汝果何所见而云然？"僧曰："山僧见一艘为名，一艘为利，名利外无有舟也。”上为之怡然。后见江干有售竹篮者，问此物何用，僧以藏东西对。上曰：“东西可藏，南北岂不可藏乎？”僧曰：“东方甲乙木，西方庚辛金，木类金类之物篮中可以藏之。南方丙丁属火，北方壬癸属水，竹篮决不可以藏水火也。”上为点首者再，谓具此粲花妙舌，可向众僧说法。会上欲于寺门外照墙上亲题一额，词臣拟“江天一览”四字，上固短于视者，误为“江天一觉”，立挥宸翰书之，词臣相顾愕眙，僧曰：“红尘中人苦于罔觉，果能览此江天心头一觉，即佛氏所谓悟一之旨也。大佳！大佳！”于是竟付御匠敬镌之，今此四字犹存。

按高庙每因短视贻误，如西川之为四川，浒墅关之为许墅关，亦皆当日察视未明，信口误呼所致，惟以出自纶言，臣下即奉为圣旨，竟改西川之西为四，浒关之浒为许，相沿迄今，一何可哂！是则此觉字之误，纵无寺僧释以禅理，词臣亦断不敢以改易请也。此一则闻之于王志在先生萃祥。先生邃于医，余家人有疾必延之诊视，辄应手而愈，积日既久，遂成忘年交。每暇过从，喜纵谈古今事，娓娓不倦，惜未笔之于书，今大半遗忘之矣。

一八　纪文达公轶事

纪文达公轶事散见于诸家笔记者甚多，几至人云亦云，罔敢下笔，虞蹈剿袭之讥，惟忆王志在先生曾言一事，似为他书所未见，爰缅述之。

文达公为翰林时，一日值院中月试，其诗题为“眼镜七律一首得他字”。眼镜羌无典实，他字更不知所本，诸人几为阁笔，文达独洒然，其押他字官韵云：“舜目重瞳不用他。”揭晓得首列，众因询以他字之果何出处，文达始言先一日入值南书房，上欲看书，侍臣以眼镜进，上摇手止之曰：“不用他。”翌日试题适为“眼镜”，所得又系“他”字，以是即用本地风光，否则“不用他”三字何可入诗，岂不畏贻鄙俗诮耶？一时翰苑中人佥服文达之随处留神，且机警过人焉。

一九　笆斗仙

幻术摄魂之说，虽汉有李少君，唐有临邛道士，载记言之凿凿，然事属缥缈，后人每疑为寓言八九，不足取信，乃郁岱生先生芝祥曾言笆斗仙一事，是可异已。

邑中有沈氏者，郁之至戚也，青年夫故，悲痛逾恒，笃信女巫能招致亡魂，召之至家，屡试其术，实十无一验。会有所谓笆斗仙者，其人乃一五十余岁之男子，自言出入冥曹，供走无常之役，只须详报死者之年月日时丝毫无误，能于晚间立致其魂，且可与生人问答。沈氏信之，乃令某夕至，施奏术法，以笆斗一只覆于大厅之中央，外设香案，而于香案后之十步许拦以一索，戒旁人不得入，此外别无他物。部署既竣，此人于三鼓时作法，向香案一再跪拜，口中不知其作何语，旋令沈氏妇叩头，默祷毕，嘱于香案旁屏息以俟。约越四五分钟，指笆斗谓亡魂已至，即在此中，如有所言，可细询之。妇泣不能仰，姑以易箦时之遗言相诘，征其确否，果闻笆斗中作嘤嘤细语声，所对若合符节，妇亦悲怆欲绝，谓："君青年夭逝，妻少子幼，一何忍心？"笆斗中似亦作呜咽声，言："此乃修短有数，无如之何。"妇云："纵系修短由天然，此后一家若何度日？"笆斗内答云："叨上人余荫，衣食堪以自给，亦已足矣。日后未来之事，乃在人为，余不能知，亦不能言也。"妇曰："君死后亦念及妻儿乎？"笆斗内又云："世上万般悲苦事无过死别与生离，余岂不念家人？第阴阳殊途，念亦奚益？即如今夕余归，卿能闻余声，不能见余面，思之益使余五中摧裂也。"妇闻言号泣，不复能道一字，唯屡欲窜入索内，俱为施术者力阻，并呼令仆妇辈强拽之。时岱生先生亦鹄立索外以觇其异，忽忆有一文稿由死者于病前取去，因问此稿今尚在否。笆斗内竟呼岱生之名而告之曰："此稿现藏书橱内《山谷集》中，君检取之可也。第今夕得君在，有一事奉托，余至此已久，行将去矣，烦转劝室人勿以余为念，且勿使术者再设坛召余，致伤余泉下心。须知人生聚散具有前缘，夫妇更然，召余亦不能再晤也。"语讫寂然。术者即向香案前跪拜退魂，并去其索，翻笆斗以示众人，则斗内固空无一物，于是酬以番蚨四枚而去。岱生先生颇奇其事，劝沈氏妇节哀，归寝后于书房之书橱内检《山谷集》，果得原文，益为惊异。

自此力劝沈氏妇勿再为召亡之举，遵死者言也。

嘻！筲斗仙果操何术，乃能若是，有谓必系樟柳人作用者，其说殊为近似。以樟柳人能知已往事及眼前事，惟不能道日后事，故于日后事语焉不详，特勿欲使术者设坛再召，岂虑再召时仍此数言，其术必为明眼人窥破耶？是则筲斗仙亦狡矣哉！

二〇　樟柳人

记上则筲斗仙事疑为樟柳人作用，忆及余弱冠时曾目睹一樟柳人，长二寸许，似系柳木所雕，五官毕具，乃友人丁君兆元以青蚨二千文购得者。丁君业布商，识一江湖术士，后其人落魄殊甚，屡向乞钱，丁屡应之，卒因贫不聊生，愤而弃业，以此物货之于丁，得资归里。濒行授以口术，故丁竟亦能与樟柳人问答，唯须在深夜聆之始甚了了，若白昼则细于虫鸣，啾啾不能辨，殆因操术不精所致。故丁君言得此之后每夜询以翌日所作贸易，言必有中，若他事则恒以不知对，复问之而寂然，再问之而怒声作矣。余笑曰："樟柳人亦能作怒声乎？"丁曰："非特善怒，亦且善詈。恒詈余既非术者，何必以二千文购渠，致渠昕夕相随，幽闭受罪，诅余早死，俾可脱羁而去。余以是虽得此物，非若术者之驾驭有方，足供驱使，不过等诸玩具而已。"语次仍纳之于怀，旋闻樟柳人发声较厉，丁谓："渠又詈余不应向人饶舌，刺刺不休矣。会当弃诸水滨，使余耳根清净也。”卒闻此樟柳人丁果憎其絮聒，数月后弃诸浦中。

按樟柳人相传为富阳法，出自富阳，乃由术者侦访聪慧子女之年庚八字拜祷而成之，然青浦陈一飞大令承澍、常州庄纫秋知事纶仪曾先后摄篆富阳，余询其邑中有无此种术人，二君俱以绝未一见对，是又不知此法之究从何来也。

二一　诗出搭题

前清某岁，苏松太道课士于城东之敬业书院，其诗题系“万户玉阶仙仗拥”七字。题下后，诸生遍考《题解》《韵编》等书，不知出处，相顾茫然。因询诸监场之宣琴山广文，广文亦以不知对，允俟午餐时向主试者代询。主试某观察，固纳粟得官者，嗫嚅曰：“似出《千家诗》内。”于是各以儿时诵读之《千家诗》翻阅，始知将“金阙晓钟开万户，玉阶仙仗拥千官”二句截而为一，不禁哄堂。盖某观察误以文题可出截搭，诗题亦然，以致贻此笑柄也。然亦足以见前清试士之等于儿戏，而主试者胸无点墨，复好自作聪明矣。

二二　葛其龙

前清葛隐耕孝廉其龙，原籍浙江平湖之乍浦镇，寄居申江，应童试时遂考沪籍。同试者以葛文章诗赋色色惊人，嫉妒特甚，乃相约投禀邑尊，指陈冒籍，环请扣考，抨击不遗余力。邑宰怜其才，竟不之理，终覆之日，葛且名冠一军。各童愤不能平，府试时复纷纷攻讦，郡尊亦怜才者，虽饬行县覆查，而案发葛仍列第一名，逮至院试亦以案元入泮，故葛有“奉劝诸君不必考，案元仍是葛其龙”之句，各童无如之何。后葛应顺天北闱，得膺鹗荐，以名孝廉终，自署诗篆曰“龙湫旧隐”，著有《寄庵诗钞》，已刊者二卷，待梓者数卷，其他著述之散见诸书者不一而足，盖一代文豪也。

二三　抽矢扣轮

前清科举时代，凡童子军应县府试，照例一正四覆，第主试者如非正途出身，往往视为具文，故每以公冗为名，一正三覆草草了事，若一正五覆实所未有。同治间上海县试文童，车鼐卿鼎与朱少聃锡典争夺案元，衡文者以二人工力悉敌，难分卢后王前，于是于一正四覆之外另提前十名特覆一场，连终覆竟至共试五场之多。逮至终覆之日，题为“抽矢扣轮”，车见而喜曰：“案元我得之矣。”盖朱字外廓从矢，轮字之旁从车，今日“抽矢扣轮”，明系去朱而与车也。案发果然，一时传为佳话。

二四　造桥虫

造桥虫，大者长二寸许，小者盈寸，质作深碧色，浑身细毛茸茸，行时伛偻其背若造桥然，乡人无以为名，因名之曰造桥虫。余总角时曾一见之，盖是年夏秋之交，上海田间忽患此种虫害，不特花稻受啮，即菜蔬亦被噬过半，唯不知其何自而来。虽经乡民设法搜捕，而蠕蠕者满塍皆是，今日捕尽明日复蔓延如初，约历一月余始灭，自是此虫不复再见，故今唯老农、老圃犹能道之，深幸不若蝗蝻之间岁或有，否则为害何堪设想。第蝗蝻乃由乍雨乍晴，土中之寄生虫感天时不正之气蕴育蝻子，逮生双翅化而为蝗，此说格物者曾研究及之，造桥虫不知若何产生，志之敢质诸格物学家。

二五　大潮

潮随月之吸力而生，故夏历八月之间，必较常时为大，绝不足异，惟前清光绪三十一年八月初二日夜之潮实为上海所未见。

是日白昼，东北风大作，且有暴雨，午潮盛涨，拍岸平堤，骎骎乎已有漫溢之势，逮至晚间退，甫及半夜，潮倏又骤至，以致怒涛汹涌，沿浦滩华租各界无不水深过膝，几如尽在泽国之中。不特浦中船只纷纷断链走锚，几将驶至岸上，而马路间之行人车辆无不在水中央，俱兴“行不得也哥哥”之叹。子夜后，四马路一带地形卑下之处竟至断绝交通，巡捕房以不便办公，用小驳船以载送公役作陆地行舟之举，直至天明始渐消退，居民已大半一夜无眠，店铺货物之为水毁损者不可数计，而尤以浦滨各洋栈下层堆积之货受害更巨。自此每届秋间，天文台思患预防，预期必有报告，谓某日恐有大潮，以便将货移置，为惩前毖后计，固应乃尔也。

二六　关帝蟹

郎孟松亲家，清光绪间至台州办理矿务，道经仙居县之东北六七里，见是处水滨所产之蟹，其壳有作殷红色者，八足二螯则与常蟹无异，惟壳上有长髯飘拂之人面，其状类剧场中所饰之关壮缪，土人因即以“关帝蟹”名之。在水中出没无常，欲捕殊为不易，以是厥价甚昂。郎以二金购得其一，并汲取山泉蓄之，意将携之回沪令戚友一新眼界。后为西人乞去，致不获果。化工生物之奇有不可索解者，此类是已。

是役郎于途中尝见有马鬣崇封之古冢七，其旁绘有冢中人遗像，皆乌纱圆领，作明时宰官装，异而询之土人，则云此七人皆明末时显宦，欲在此山开矿以期富国利民，讵干部议，赐死山中，诸民哀之，为之建冢绘像，并于春秋致祭以慰幽魂，迄今已将阅三百年。盖明时矿学未兴，无论何山一律禁止开采，以为恐泄地脉，无益于国，不利于民，一惟堪舆家所言是听，不若今之民智已开，知与其藏富于地，坐令国瘠民贫，毋宁广辟利源，俾得取之无禁，可期用之不竭，至于风水关系之说，明理者殊不之信也。

二七　巨蛇

郎孟松亲家之赴台州办理矿务也，时在夏历五月，同行者十余人，有护兵四名执火器以从，缘经行处俱深山大泽，恐有毒蛇猛兽为患，以是防卫不得不严也。一日至仙居之百余里外察勘矿苗，道经朱砂山，见峰峦红润，四望若赤城霞起，不禁叹为奇观，掬视山中沙土，几与朱砂无异，更以此山之名为不虚。无何渐行渐远，忽有腥风扑鼻而至，几令闻而作恶，同行者咸知有异，急令护兵相率戒备。旋至一荒山，遥见有巨蛇一条，身粗于桶，作深褐色，卧山径间，蜿蜒亘百余步，犹如神龙之见首而不见其尾，乃相顾大惊，欲另觅他道往，则是处又乱峰丛杂，别无旁路可通。护兵苟施放火器，则虑倘不能毙蛇，必致一跃而起，昂首喷其毒焰（液），众皆必无噍类。时有胆壮者发议，只能越蛇身而过，彼或蠢然罔觉，得以幸脱此险，第山舆则必不可乘，盖乘舆必致触及其身也。郎乃首告奋勇，下舆抠衣而前，纵两足乱颤如簸糠，卒喜安然得度。余人遂亦先后竞进，蛇竟蛰伏未尝稍动，众始额首共庆更生，步行取道七里亭而去，舆则弃之山中。惟念归途仍须经此，蛇或尚在，其何以堪？故咸惴惴不置。则幸回山时蛇已不知何往，遂获无恙而还，然佥谓似此危险实为生平所仅遇云。

二八　义井忠泉

郎孟松亲家尝因事至宁海，宁海为明方正学故里，因访其读书楼于南门外山顶，是为正学未第时读书处，遗迹犹存，足令人肃然起敬。城内有义井一，当日方氏十族殒命于此，乡人缅述往事，犹不胜欷歔悲痛，共詈燕王之暴而叹方氏之忠。井有石坊，盖为后世所建，藉以表扬荩节者，所刊联语甚多，皆为名构，惜其时未携楮笔，不获一一抄录，仅勉记一联云："井以义名，冤沉十族；泉因忠著，祝永千秋。"缘井中之泉土人即呼之为忠泉，故下联据以为偶，俾昭事实也。

按方正学以燕王篡祚，不允附逆，非特己身宁遭惨戮，甚至诛及十族竟亦不屈不挠，大节凛然，千秋共仰。读史至此，每为之掩卷啜泣，谓自古帝王专政惨戮无辜，实属无逾于此。然方氏适以此成名，而燕王则徒贻后世唾骂，可知忠臣何乐而不为忠臣，暴主何乐而竟为暴主！两两相较，方氏实荣。至方氏当灭族之日，其宗支有奔避者咸改姓为六，本邑亦有其人，今俱仍复原姓，方氏得以支族绵延，世世罔替，是天之报施忠臣仍未尝或爽也。

二九　某令墓

郎孟松亲家又言，宁海西门外一里许有某令墓。令为明时爱民如子之贤吏，惜乡农能道其政绩而不能道其姓名，惟言宁海凡新邑宰莅任必往谒是墓，故其墓门石坊上有联云："一朝我命换民命，万古新官拜旧官。"盖宁邑地瘠民贫，而粮赋之供初时重于他邑，致有民不聊生之苦，令因恻然悯之，知非减征不可。特是为民请命岂口舌所能争，苟无瘠苦实情，上峰必难邀准，故经思得一策，取田间之蚯蚓粪碾成细末，捏报为泥，力言土性似此硗薄，播种安有丰收之望？上峰验而信之，额征乃获岁减，邑民咸受其赐。讵后为言官所劾，令竟因是伏法，合邑如丧考妣，逆其榇而葬之。明社既屋之后，邑中绅耆追念遗泽，为之详其事于清廷，特准表墓建坊，以为恤民之好官模楷，因是历任邑宰皆须展拜松楸，此举盖自康熙年始云云。乡农之所言如是，余谓此事欲考其详，当征诸《宁海县志》也。

三〇　大蟒

宁海南门外有纯阳庙，相传纯阳夙著灵异，香火之盛甲于一邑。庙在山顶，其楼下有深不可测之山洞一，虽宽广异常，探险者皆不敢入。清光绪初夏月某日，天大雷雨，以风洞中呼呼作声，似有物挟此风雨而出，空谷为之响应，山中居民大惊，咸闭户不敢出视。逮天霁后始有侦察之者，则洞亦犹是，而洞外山田中所种之禾纷纷下偃，显系是物由此经过所致，绵延至二里许，达海滨乃止。于是有疑为是蛟者，有疑为龙者，第老农则断其为蟒。盖蛟龙入海无不御空而行，故所过之处恒致房屋为墟，树木尽拔，惟蟒则下行，今田禾尽偃，可为下行之明证。特是此蟒之大迥非寻常可比，观山中被偃之禾非仅甬道数尺，即此可想而知。所幸抵海而止，则此蟒必已归海，自后山中去一毒患，人民皆可安枕而卧。其所不可解者，斯蟒若曩居洞中，何幸向未一出祸及生灵耳？此亦郎孟松亲家为余言，郎尝游纯阳庙，得诸导游者之口述如此。

三一　郭友松轶事

云间郭友松孝廉，博学工书画，清咸同间一乡有才子之目。惟其人疏懒而复狂放，即以书画而论，苟挚金丐其染翰，每不屑握管，促之则立将原金璧返，而兴之所至则大笔淋漓，件可立待，又不类乞取甚难者。相传其妻父寿日，郭忽绘寿星一轴以献，画中人长髯飘拂，老眼迷茫，俨与寿翁之貌酷似，而右手所持之寿杖上悬尺一、书一，人因无从索解，咸俟其亲至祝嘏时询之。郭笑曰：“无他，尺为玉尺，书为贡卷。我外舅为老明经，乃由玉尺量才而得贡者，故绘此也。”闻者皆唯唯而退。后有知郭此画之别有用意者，谓郭之妻父其先以册书起家，后为诸生，援例得作岁贡，尺、册同音，绘尺与书明讥其曾为册书，而尺与拆、贡与供又同音，更以俗谚之“拆供老寿星”暗诅之。盖郭素来鄙其为人，因出此狡狯手笔也。信如斯言，则郭之才智聪明洵为当时所尚，而迹其道德品性实近于忮刻一流，夫何足取？特是悠悠之口，当日所传事实不知是否可凭，或者曾参并未杀人竟致误蒙恶谤，斯则当质诸五茸人之深悉底蕴者耳。

三二 胡公寿轶事

华亭胡公寿工书善画，名动公卿，所居近九峰中之横云山，故署款或书“横云山民”。书得金石气，画则山水最佳。余尝于读月庐逸史甬人戎君处，得见其青绿山水尺页二幅，运笔之细、设色之工，得未曾有，盖为少年时手笔，中年后则全以气韵胜，不沾沾于章法矣。又尝于双清别墅书画展览会得见其仕女琴条四幅，始悉亦工人物，第于他处未之或见，度必偶一为之者。闻其旅沪之时尝眷恋一妓，而此妓自高声价，视胡为措大一流人，待遇殊形落寞，不令得傍妆台，胡因是悒悒思有以博其欢心，乃书一极工整之双行便面配檀香扇骨以贻之。讵妓得此视若无物，未几而转赠房侍，房侍亦鄙弃之，又转赠恶鸨，此扇乃堕入龟窟。胡闻而大恚，自是遂绝迹青楼，终其身不复作猎艳想。自来神女生涯本惟金钱是爱，欲以笔墨为进身之阶，世鲜伶才雅妓，宜乎其难为入幕之宾。昔仓山旧主《海上竹枝词》有“堪笑多情穷措大，亲题翰墨赠鸾笺”之句，诚为有感而言，胡之因此一激勿复再入绮障，殆即佛氏所谓大解脱欤？

三三　金免痴

金免痴单名继，吴人，清光绪初游沪，好与邑人士往还，性倜傥不羁，且聪明天赋，与人言长于口才，滑稽百出，人咸喜之。工画兰，纵寥寥数笔，著墨不多，而名贵天然，自成章法，设色者更有活色生香之致。为人书便面作小行书，笔致活泼如其人，而双行者尤佳，署款不书名，每书“免痴道人”。暇时嗜北里游，为诸妓手书门榜，久之几乎太半出其手笔，以是花丛无不识金爷其人者。绮筵狂醉之后，好呜呜歌京剧，且擅弦索，各妓自叹勿如。时沪上尚无票房，不知其剧词习于何所，且行腔使调居然奄有众长，而于须生孙春恒尤近似，以最喜聆春恒剧也。一日忽奇兴勃发，至天仙茶园登台客串，并预定正厅十余席，广集宾朋，所演之剧为《牧羊卷》，剧中饰朱春登。园主重其人，因高张“清客串金爷”大字牌以尊之。逮届出台之时，绣幕甫揭，台下彩声若雷，金离上场门甫数步忽返身而入，台下大奇，彩声止而催促之声忽起，台上仅一官生、一中军、四青袍鹄立而待。移时帘始复启，则登场者已易为孙春恒矣，自是直至剧终，金竟卒未一出，盖已卸装下台杂于人丛观剧。人有叩其何以辍演者，彼以临场头晕，且若演至认母之时不愿与老旦下跪为对，而与知己者言则因台下熟人过多，恐造诣未精，必遭诽笑，不如藏拙为佳之故。自此终身未演一剧，抑且豪情顿敛，筵中更不再度曲。噫！知难而退若金氏者，诚不愧聪明二字，较之胆大妄为不顾旁观齿冷之人，洵不可同日而语矣。

三四　一叶青

沪邑昔有所谓破靴党者，皆败落绅衿也，或藉祖若父之遗焰，或己身曾邀一第、曾青一衿，于是每遇事敲诈，鱼肉善良，乡里侧目，官长亦几无如之何，最为地方大害。如前清国忌日不能作乐，绅宦各家是日决无娶嫁之事，而小民或不知禁例，竟于此日成婚，若辈知之，必当场亲赴其家携取乐器以归，谓须禀官究惩，以为国忌日罔知悲戚，不能尊敬君上者儆，逮至有人缓颊，必满其欲壑始已。诸如此类，不可枚举，总之，一部《大清律例》不啻为此辈衣食秘本，以是指瑕索斑，不患无辞加罪，即不患无计生财也。

城内虹桥大街有一叶清茶肆者，肆主为一小康之家，设肆时请名于某蒙师，蒙师为之颜此三字，取“一瓯香泛碧波清”之义，不曰一瓯而曰一叶，其文思之似通非通可知。乃悬牌。甫经一日，竟为某破靴取去。肆主不知何故，惶恐万状，急央人向之说项，并询获罪之由。某破靴狞笑曰："获罪有何难知！吾侪为大清子民，畴不望清祚万年，今乃于清字之上大书一叶二字，一叶者一世也，谁软取此肆名？知清代已只有一世，殆欲使茶客见之相率谋叛以覆国乎？此而不予以重惩，其乌乎可！"说项者闻而骇汗，言肆主愿以百金为寿，乞另易肆名。某破靴坚不许，谓古言一字千金，如欲易名赎罪，三字非三千金不可。嗣经说项者筹商数四，至一千五百金寝事，某破靴援笔将清字之三点水旁钩去，易名为一叶青，谓每一点只售渠五百金，消去灭门之祸，大属便宜，令持赴招牌铺制成，越日重行张挂。此为同治间事，光绪间此肆尚存，余犹及见之。

三五　疯痨草

疯痨草，叶如蒿，作黝碧色，茎长尺许，根尽处微赤，乡人云其能疗疯疾，治愈之人甚多。余有从叔母居邑城太卿坊，以先慈患白癜疯历医不愈，向乡间乞得此草，饬女仆送至敝庐，谆嘱试服。先慈信之，置瓦罐内煎至百沸，服罄一瓯而卧，家人未之知也。讵至夜半以后，忽谵语大作，竟类发狂，合家闻而惊起，急延沈芝生、张香田二医至，求请诊治，并穷诘佣媪辈以主母致疾之由。有老女佣陈妪始言日间有人馈药并煎服事。乃令取瓦罐至，检点药渣，则草料一味，二医皆罔识其名，爰命陈妪夤夜入城，促从叔母飞舆至，始云名疯痨草，乞自乡人，不图为害若是，语次惊悔万状。二医以此草为《本草》诸书所不载，无从解其毒性，不敢下药，后经一再磋议，沈医令觅生萝卜捣汁饮之，并以橄榄仁、桃仁、杏仁等五味煎汤灌治，惜余尚在童龄，原方不能记忆。张医则以神识昏迷，或者其病在痰，令磨猴枣以进，扰攘终宵，卒未有效。翌日，亲戚闻耗咸来探视，俱无救治之方，幸至薄暮后略见宁静，达夜半而清醒如常。盖已越一周，时毒草之性已过，乃得转危为安也。家人至是额手相庆，从叔母亦如释重负而返，然先慈已原气大伤，虽经沈医悉心调理，自此竟得状类怔忡之症，常虞心坎震跳，罔能断根，而白癜疯卒未稍愈。噫！草药之误人若是！今于终天抱恨之余，追记是则，犹觉心有余悸，痛母当日之撄此奇厄也。

三六　黄河铁桥

乘京汉铁路或津浦铁路火车赴京，皆有黄河流域，故须过黄河桥。京汉路之铁桥较长，车行时须历十数分钟，以一火车头前拖，一火车头后送，缓缓而过。津浦路之铁桥经过时每在晚间，故未之见。己酉岁，余因事乘京汉车北上过黄河桥，桥堍皆土山，黄沙满目，景象萧瑟，人家百数户，皆于山中掘土成穴，藉作栖身之所，饶有上古穴居野处之风。桥下河水方涸，积沙成龟坼纹，仅桥心浊浪翻腾，浪花作深黄色。时因桥之石桩欲圮，铁路工程人员正在施以培护法，用三角石块无数叠置桩脚使满，外以杨柳栽于土内，而以其枝叶编作护篱成方格形。各桥桩一律如是。盖柳入水中一时不致枯瘁，编篱后将石块裹住，俟河水盛涨，石罅中壅入泥沙，日积月久，此种石块不啻于桩之四周筑成一道坚厚围墙，此际柳枝虽已不能复存，然基础既固，藩篱不妨尽撤。其补苴之巧诚属无以复加，不图余于此行亲见之也。

三七 驻马店

河南驻马店当火车初通之时，由汉口赴京之慢车必于是处下车止宿，翌日黎明乃复开行。清宣统初年，余因事由汉至京，欲沿途瞻览风景，特乘慢车。时在季春，至驻马店日犹未晡，寻觅宿所，竟无爽垲可居，只沿车站有老屋五楹，四壁泥涂，垩以白粉，已为高等逆旅，而纸窗风透，砖炕尘堆，景象萧索，一望而知为穷乡僻壤，除火车抵站外平日绝无旅居之人，不得已姑就宿焉。乃薄暮后闻弦索声，有侍役入房以带姑娘请，余讶似此荒村何来声妓，正可入境问俗，并得藉破客邸岑寂，因笑诺之。俄而，一年可花信之女子至，衣淡蓝布袄裤，脸涂浓粉，头簪红色鲜花，手携胡琴，引颈作鹭鸶笑而入，坐余炕上，剌剌询问邦族。余以蓦见此鸠盘荼几却步欲出，惟念既已召之使来，何得绝人太甚，且默诵昔人“我当哀鸿一例看”之句，姑勉予周旋之。妓引吭呜呜歌小曲一支，调似卖杂货，而无意细聆。歌完复请益，余笑谢之，急呼侍役入，令账房照例给资，彼乃弯腰申谢而去，而室中已充塞葱蒜之气，几于令人欲呕，炕侧幸有短窗，令侍役启之，逾时乃闭，余亦就寝。翌晨视账上代付之资，只有制钱一千，可云廉矣。惟念旅馆中有闲花野草，此风迩日甚炽，即如苏州、镇江等处皆然，非特使青年客子足以罄厥腰缠，且于长途中餐风饮露之余，作此折柳攀花之事，更虑危及生命，窃谓有保卫行旅、维持风化之责者，宜执法以禁遏之也。

三八　天变志异

天气晦暝，日有常度，苟失其常，得谓之变。清光绪二十五年己亥三月初十日，晨炊以后，天油然作云，若有阵雨。人初不以为意，无何渐至昏黑，竟尔不能辨物，一若天已向暮者然，始咸惊骇欲绝，各家急开电灯或燃蜡炬，甚至沪南诸肆有收市者。如是凡十数分钟，始复开朗，虽有骤雨，移时即止，而天之作势不图可异若此。翌年庚子，京中即有拳匪之乱，谈灾祲者乃以彼苍预向人民示警为言，指为世界昏暗之兆，其然，岂其然乎？

三九　黑米志异

民国二年癸丑岁夏秋之交，沪滨喧传地产黑米，各处皆有。予初不之信，继于城内敝庐天井中检得之，而北市马路间亦拾获十数粒，其色深黑，有整颗者、有散碎者，米粒之大小则与常米无少异。一时谣诼纷传，灾祥互证，而欲究此米之由来，虽格物家亦莫能测，诚可异也。

四〇　十不投

有明鼎革，满人入关为帝，迫令人民剃发投诚，服从清制。威令所加，何求不得，乃不谓民心不死，当时竟有所谓“十不投”者，转辗相沿，历二百六十余年，使后人追忆前明，知眼前僭位之人实为非我族类，激起种族革命思想，故有以此举为出自洪承畴，或云出自金之俊者，其用心之苦、寓意之深，实令人不可思议。

如男投女不投，男穿胡服，女仍汉妆，男不如女，可耻孰甚？官投役不投，官则翎顶袍褂，役仍红黑其帽、圆领其衣，官不如役，可鄙孰甚？文投武不投，文官悉服满装，而武将则届迎霜降、迎喜神耀兵之时，有盔甲亭一座庋放盔甲，游行于市，以示不忘古制，文不如武，可羞孰甚？长投幼不投，人至成丁，衣服冠履虽遵清制，而当始生之初，其襁褓之衣无不裁作道袍式者，帽则紫金之冠、鹤氅之巾，亦汉代遗制居多，长不如幼，可愧孰甚？生投死不投，生时衣着一切勉就清制范围，而死后饰终则棺椁枕衾、衔封仪注无一不悉仍古制，且孝子衰冠哀杖、麻衣芒鞋，俨然一有明时人，尤足触目惊心，令人有生不如死之慨，可愤孰甚？绅商士庶投乞丐不投，故昔时每届端午、岁除等令节，有等乞儿以纸糊纱帽扮作钟进士或财神等，向铺户乞钱，使人一睹汉官仪制，夫以堂堂绅商士庶反不如无室无家之丐者，犹有伤今吊古引动世人种族观念之思，可慨孰甚？俗家投方外不投，故僧道女尼不改空门法服，以俗家而不如方外，可叹孰甚？科申投秀才不投，故新生入泮雀顶蓝衫，俨然是汉家制度，逮夫一登科甲，竟尔便忘本来，觉科甲中人不如秀才，可惭孰甚？阳官投阴官不投，故各郡县城隍、土地皆仍纱帽红袍，而皇皇然忝为民上者反不如泥塑木雕，昭衣冠于古代，可悲孰甚？其尤足发人猛省者，则百官朝贺时之头投脚不投，头戴红缨大帽，虽为清代官员，然足登方头古靴，试思所履者究系谁家疆土？窃恐一经念及，必有忐忑于心，而慨此身虽沐异族恩荣，不如此足之犹恋汉家故土者，可伤孰甚？

是则聊聊十不投，凡种种可耻、可鄙、可羞、可愧、可愤、可慨、可叹、可惭、可悲、可伤之处不一而足，积久而发，将来显有必图报复之日。以是清室之亡虽曰亡于革命，其实此十不投已于二百六十年前早伏其机，特彼时人皆愦愦不及觉察耳，吁！

四一　陷亲不义

吴俗信鬼神，故凡人死之后，丧家必延僧道诵经，美其名为超荐。而僧道乃于经忏之外发生种种敛钱之法，名曰法事，如放赦也、度桥也、拔亡斗也、斋十王也、策破地狱、策破血湖也，金鼓琤琡，铙钹叮当，钟罄（磬）喑呟，管弦咿哑，以为一经超荐，亡者即可升入天堂，否则永堕地狱。

夫天堂、地狱之说，固僧道诱惑愚夫愚妇之口头禅，为儒者所不屑道，然为下等人说法即曰果有天堂、地狱，岂死者俱尽恶人，故人人皆须入狱，非仗僧道作法、诵经不可超拔？为子者苟念及此，何忍以有用之金钱买无名之罪恶，使祖先父母惨蒙罪犯之名？况法事中尤有自相矛盾，至不通、至可笑者，如男死之法事为地狱，女死之法事为血湖，例于诵经之第末夜举行，而前此之法事则为度桥、放赦、拔亡斗等等。夫既度上仙桥引魂沐浴矣，既由阴司赦免罪孽于前矣，既由斗府拔罪升仙矣，何以末一夜之亡灵忽又陷在地狱或血湖之内，又须超拔，甚至富家于亲死后每七诵经，每七皆有法事，而所谓地狱或血湖者竟至一次、二次以至三五次不等。嘻！今日出罪明日又复入狱，明日出罪后日复然，即黑暗如阳世官衙亦无如此罪犯，奈何僧道欺人一至于此？我窃怪世人之受其欺者，何以纷纷陷亲不义而竟冥然罔觉也？

四二　何鸿舫轶事

青浦重固庐名医何鸿舫先生，何虚白君之尊人也。余尝随侍先慈至重固视疾，得造其庐。由沪买舟而往，至则见门外河滨舣舟如蚁，皆远方之乞诊而来者。登其堂，梁间题额之多等于官署，然非颂先生一人者，盖重固何氏为世医，至先生而已二十三世，故所悬之额不可以偻指计也。先生貌修伟，长髯斑白，拂拂过胸，而精神殊为矍铄，语言更爽利无匹。察断先慈之症乃由气血两亏所致，坚谓药补不如食补，宜日进火腿、海参、猪脚等滋补之品，可以毋藉药力，惟今既远道而来，当为开方试服，越日并当转一膏滋药方以副求医之意。语次握管开方，下笔如食叶春蚕，飕飕立竣。其门外设有寿山堂药肆，并备药炉、炭火等物，可由病家借用。余即向肆依方购药，在船唇煎进之。翌日复诊，果由先生开一膏方而返。自是先慈于服药外致意食补，虽所患之症类似怔忡，不能厥疾竟瘳，而藉此得以带病延年，寿至六十有三，未始非先生坚嘱食补之力有以致此。先生好饮酒，健谈笑，医学外兼工书法，作擘窠大字尤力透纸背，为人书楹联、堂额，署款每为“横泖病鸿”。逮归道山之后，欲得先生手笔之人，遍求其平日所开药方，每纸可易鹰饼二枚，后竟增至四枚。以药方而为人珍视若此，诚医林之佳话，亦艺苑所罕闻也。

四三　蒲作英轶事

秀水蒲作英先生华，禾中老名士也，工草书，奔放不羁，笔笔如生龙活虎，善绘山水花卉，以苍古及气韵胜，不拘拘于章法而自成章法。中年尝服官某省，以不耐脚靴手版向上官婢膝奴颜，爰飘然解组归，浪游沪渎，以笔墨度其优游之岁月，遂家焉。有向之丐书画者，虽定有润章而不屑作锱铢较，得资除黄垆买醉外兼喜作贾大夫射雉之游，第走马看花，逮境往情迁则绝无系恋，盖未尝不悟色空之旨者。交游多公卿士大夫，而言讷讷然若不敢出诸口，其诚朴可想，惟若询及年龄则未尝以实告，大有讳言老至之概。某岁有日人在六三亭花园开书画会，速之入社，乞作画一帧，室中无几案，蒲苦无从挥翰，日人以日本式之矮几二连累而成一几，敷设纸笔其上，先生欣然握管，拟绘一远山。讵下笔时未及审视，致浓墨淋漓，落纸后连呼负负，日人见而讶之，以若是一团墨汁，不识将何法补救之。乃先生略一构思，以浓墨化为近山，而别以淡墨点缀成远山，布局之巧、取势之奇，得未曾有，合社为之叹服。日人珍赏先生书画盖自此始，故先生逝世之后，寸缣尺幅广为搜罗，声价因之日起，反觉倍于生前。

余家藏有先生绘赠之画屏四幅，其第四帧为牡丹花，媵以长题曰："'早知不入时人眼，多买胭脂画牡丹'，明翰林李蜀句也，后果以文章时尚得意春风。今者玉声先生著作甚多，以时尚行之游戏三昧，而近时之风土人情渊博明晰，卓乎超群，因绘花王图奉大雅鉴之。"迄今于退醒庐中晴窗展视，犹觉如见故人也。按先生髦年矍铄，平日无病，寿八十四而终，亦不以疾，乃缘齿牙脱落，由江湖某牙医镶以假齿，一夕睡后所镶齿忽下坠，致梗其喉，气室而逝，至棺殓时始经察悉，可谓大奇。但于以见江湖牙医之不足恃，而痛先生之竟罹其害，寔为始料所不〔及〕也。

四四　龙取水

吴兴姚涤源孝廉洪淦，别篆“劲秋”，工诗词，并善作廋语，海上鸣社、诗社、萍社、文虎社之健将也。中年弃儒服贾，旅居沪滨，以是余得朝夕聚晤。一日为余谈龙取水事，谓某岁因事赴南通州，旅居无聊，夜不成寐，忽闻有大声发于空际，泱泱似风而屋中绝无寒气，汤汤若水而所居并非海滨，讶而启窗视之，则见皓月一轮朗照天半，街心并无行人往来，可知其亦非人声若是者，至破晓始寂。翌日因语之于人，有老农言其为龙取水，不出三日必有大雨，当时尚嗤以为妄，乃第二日果阵雨骤降，几若银河倒泻，一时沟浍皆盈，虽雨中未尝见龙，然老农决其为取水之言竟验，殊为咄咄怪事云云。

夫龙能取水，见之载籍者固不一而足，即画家有时亦绘之为图，唯不取于行雨之候而取于未雨之前，莫测其取后储藏何处，可异诚莫甚于此。至于老农之得以预知，殆因龙之取水素来必于预日，其声曾习闻之，其事曾习验之，是则不足为奇也。

四五　龙失足

龙为天空灵物，世人不易得见，故泰西之研究动物学者竟致目为无龙，且以典籍所载见龙、飞龙等事为妄。然龙固神秘不经见，乃有时竟亦现其全身，任人纵览，直至七日之久始复夭矫上升，为万目所共睹，斯诚足破西人无龙之说矣。

电报局员直隶顺德吴君荫清，曾与余第三婿洪子才同供职于齐齐哈尔，公余获暇，言及清光绪某年夏日顺德某村忽大雷雨，天空堕下一龙，长三丈有奇，鳞甲黝黑，角长而尖，僵卧地中若死，殆为失足跌晕所致。一时腥闻数里，蝇蚊麇集其身，乡人诧为奇事，并虑或肇奇祸，急即焚香叩祷，并以清水灌润，欲令藉水力遁去，无如纷扰竟日，此龙兀然不动。翌日因醵资演剧为祈禳之举，来观者益人多于蚁。至第七日天复雷雨大作，云中复现一龙，下垂其爪，向卧地之龙作援引状，卧龙乃扬髯舞爪与云内之龙爪相接，由地飞升，破空而逝。雨亦旋止，农田未伤一草一木，乡人罔不额手称庆。是岁彼适赋闲家居，故目击之。

余初闻子才转述此事，以其语近荒诞，未之或信，继念天地之大，诚属无奇不有。矧子才谓吴君人素诚实，平时语不妄发，则此言当非虚构，与我笔记本旨相符，爰志之，以资谈助。

四六　某相士

相士某，轶其名，设摊于邑之城隍庙，门庭如市，佥言其断父母存亡确有奇验。一日予信步过此，偶入闲视，见相士适端详一老者，历言其已过休咎，察老者似信非信，盖以其言之或验或不验也。既而相士出小牙板一，书“父在母先”四字于上，诘老者曰：“足下父母在堂与否？请自言之。”老者曰：“予年已五十有一，安得父母在？”相士曰：“然则当父母见背时，先逝者谁欤？”老者曰：“父先亡耳。”相士作得意色曰：“我固言父在母先，不欺汝也。”此老点头神其术而去。又一衣服丽都之少年乞相，相士一味作奉承，语毕出一小牙板如前，而所书则为“母在父先”四字，叩少年是否父母双全，少年曰：“不幸父已早逝，惟老母尚在。”相士将“母在”二字一圈作一句，又以“父先”二字作一句，曰：“我固言君母在而父先逝也。”少年为之点首者再。时予不耐久立而出，默思此“父在母先”“母在父先”八字，其用意实巧不可阶。盖求相者如母在而父先死，固如上所云云，万一父在而母先死，则“父在”二字可作一句，“母先”二字又是一句，适成父尚在而母已先死，特不知父母俱存者倘亦书此四字将何词以解之。他日欲穷其异，又往默视，则见果有父母俱存而相士亦书以上二语者，谓：“刻虽父母尚存，将来终有归天之日，临终一定父在母先，今日我先预行告君，以视他年必验，当知我术之奇也。”设牙板书“父在母先”者，则言必先丧其母，予于是更服其运用之妙。

江湖术士雅善愚人，而人之受其愚者一时每不易觉悟，此其一耳，安得冷眼人一一揭破之哉！

四七　测字

测字虽江湖小道，然其人亦须文理通顺、心思灵敏者方克言之成理，抑且或有奇验，否则强为将字分拆，殊觉徒取人厌，何有灵机？遑论言必有中。即偶有一二道着语，亦不足为奇也。以余所知，上海测字之最著者，昔为邑庙内之居易俟，博通经史，所测之字饶有化机，惜余年尚稚，未尝一窥其技。今则沪北有小糊涂，亦颇名盛一时，余亦未尝一瞻究竟。惟忆余于弱冠应童子试时，茸城岳庙前有测字者，其门如市，佥言是人测字不假思索，下笔成文。具此捷才诚为非易，因往试之，则见案头并无字卷，任人口报一字令测，以显其初无成心。此法甚为新颖，余爰戏书一“家”字测之，所叩者为终身，其人援笔立书十二字曰：“玉琢磨而成器，书勤读以为官。”书竟即搁笔收资，不交一语。时同邑顾益之学谦亦在松应试，亲往测字，书一“谦”字与之，所叩者为科名，其人书十字为对曰：“文章多所嫌，应试不中式。”书毕亦无言如故。余乃与顾一笑而出，各不问其所判之应验与否，惟佩其果略有捷才。后顾于是年入泮，而余则中年即敝屣功名，立志不入宦途，二字皆果不验，夫复何言？第闻此测字人实为帮匪，后在省中竟欲定期起事，以泄机被逮，讯实置诸大辟，所获证据乃一白布上所书之“期”字，共经起获五百余方。盖“期”字拆开乃为“三月廿八”四字，仍系拆字法也。

四八　巧对

庚子岁拳匪之乱，余在《新闻报》总持笔政，几无片刻之暇，而同人海宁梅幼泉茂才好与四明张康甫君弈，晚间辄喜以此为戏，落子丁丁，然与印报之机轴声相应，余颇佩其闲适。时清帝光绪出走西安，驻京各国公使因拳匪仇洋故纷向政府责难，聂功亭军门士成等深恨匪之误国，出师痛剿，共期灭此朝食，焰始渐戢。余观弈有感，戏以象棋缀成一出联曰："大帅用兵，士卒效命，车辚辚、马萧萧，气象巍巍，祝此去一炮成功，今而后出将入相。"欲对下联，苦思不得，乃登《新闻报》征求。后有愤时客者竟以全副骨牌错综为对曰："至尊在野，长短休论，文泄泄、武沓沓，议和寂寂，致迩来兆人失望，竟徒劳抢地呼天。"以全副骨牌对全副棋子，可谓文章天成，妙手偶得，尤巧在切合时事，造句煞费剪裁而纯任自然，绝无斧凿痕迹，诚令余为之拜倒也。

四九　七星井

七星井在邑庙新北门之内，光绪间城厢保甲总巡朱森庭大令璜所建，缘是处数年之间两遭大火，每次毁屋至三百余家，堪舆家以为火地，故辟地凿井七口以镇之。彼时自来水尚未建设，倘后再遇失慎可以汲水灌救，诚为法良意美。

井成后，近方虽有小火，然俱旋扑旋息，不复如昔时二次之甚，于是凡酷信风水者几无不归功于井。后因马路交通，市廛繁盛，七井占地甚巨，况以井水救火须由人力汲取，不如自来水用皮带之便，爰为一律填塞，改建市房，然近方仍无火患，可知压镇之说不足凭也。

五〇　王大生

余记新北门外两次大火，忆小东门外亦曾两次大火，毁屋俱数百家。其第二次自小东门城门口起，延烧过吊桥及陆家宅桥又十六铺桥，竟成一片焦土，良以当时火政未修，故一兆焚如，每易燎原为患，思之殊可概（慨）也。乃被灾处之洋行街口有王大生西菸店，为浙人王氏所开，两次皆未殃及，得如鲁灵光殿之巍然独存。虽由四围风火墙高，然有风火之墙房屋不止大生一家，何以他处皆不获幸免？以是说者谓王氏必有阴德所致。按小东门外初次火灾系在同治年间，彼时西人之保险行尚未设立；二次在光绪十九年，保险行虽已创办，投保火灾之家尚稀。王大生当时既未保险，乃得两次获免被灾，不遭损失，谓为主人必有阴德，是说殆不为无因欤。

五一　狐祟

桐乡某孝廉，谈者佚其名，文笔平庸而书法更殊潦草，自分将以牖下老者，乃清光绪某科应试浙闱，竟尔获隽。一朝得志，即厕于缙绅之列，庞然自大，昧厥初衷，凡包揽词讼、鱼肉善良之事几于无所不为，以致乡里罔不侧目，然畏其声势煊赫，人皆无如之何。如是擅作威福者十许年，腰橐累累，竟成富室，求田问舍，其乐陶然。不意某岁腊月二十四夜，所居之屋不戒于火，财币器用、书画契券悉化灰烬，无一幸存。究其起火之由，则佥言实为狐祟所致。盖孝廉是岁曾以最低之价购得邑中大厦一所，鸠工庀材，重行翻建，众匠拆卸之日，见屋中虽久无居人而不染纤尘，异常洁净，相率诧为奇事。邻右或言是屋近有狐仙，致卜宅者不敢入，房主乃以贱价出售，拆之恐有奇祸，不如任令空闭为宜。孝廉嗤以为妄，亲自督匠动工，当时了无他异，逮至新屋落成，忽召焚如之厄。说者乃俱诿之于狐，并言是狐昔居杭之贡院，嗣因贡院改造迁居于此，不意又下逐客之令，乃愤然报复云云。

夫狐为兽类，乌能为祟？是殆孝廉多行不义，天故假手于狐以火其庐，为斯世造恶者儆，其言较为近理，于以叹天道之未尝愦愦也。

五二　狐祟二

友人傅君，原籍兰陵，僦居于杭，遂家焉。秉性亢爽，卓有胆识，辛亥革命之役尝从事其间而功成不居，其品节尤为高尚。当杭城起义之日，急需一办公处，四觅苦无当意，会与同志某君至清泰门内之某寺，喜其地址合宜，房屋尤为高敞，因向寺僧乞居。僧言寺有狐仙，恐难下榻为对。傅与同志皆不之信，惟以楼下或虞不谨，相将上楼，择得空屋五楹，已敷作事，复至楼下晤僧订期入屋。时方八月，天气犹炎，傅与同志奔走移时，汗流浃背，姑于禅堂小坐取凉。讵甫经就座，相顾失色，盖椅上不知何来粪秽，几如饱参木樨之禅，急即起立宽衣，罗衫上已淋漓尽致。僧合掌谓是必大仙作剧。凭空乃有此异，傅与同志疑讶交并，匆遽间罔知所指，只以急欲更衣，别僧径出。而傅携来之皮箧一事，内藏纸笔等零星物件以备不时之需，择屋时置诸案头，今既欲行仍须携去，乃触手臭恶，箧中亦满储金汁，倾溢于外，爰急弃掷庭心，偕同志踉跄而出，笃信果遭狐祟，不复再入此寺。

事后傅君至沪为余凿凿言之，然余则谓此事殆由僧人故弄狡狯，乘傅与同志登楼之际暗令人预置秽物，以神其寺有狐仙之说，惊使出门，俾绝借屋之想，当未可知。奈何二人竟为所给，堕彼玄中，僧固黠甚，然傅与同志亦太确信其言也。

五三　陈竹坪轶事

苕溪陈竹坪君设丝号陈与昌于沪，时在清同光之间，为丝商中第一流人物，而性更慈善，凡施衣、施米、施药、施棺等诸举皆乐为之。时沪上鸦片烟方盛行，愚夫愚妇之因偶受冤抑或口角细故，竟致轻生者，动辄皆服生烟，以不明解救之法，往往立毙。陈君恻然悯之，向西人乞得解药并种种施治之术，亲自赴救，得活之人甚多。无论其家贫富概不稍取药资，一时咸呼"生佛"。既而求救之人日众，一身不敷奔驰，乃资雇协助之人分投应救，畛域不限南北，甚至远及浦东，时刻更无昼夜之分，绝不稍少延误。尤难得者，纵值骤雨狂风、祁寒盛暑，大雪纷飞之夜、骄阳酷烈之中，亦俱随请随至，未尝或畏困难，先后历十余年有如一日，活人不可数计。至陈君驾归道山，此举始止，而沪地已医院及西医渐多，吞烟者有人救治，不若前此之呼吁无门。陈君九原有灵，我知定堪告慰。且近日厉行烟禁，此后以紫霞膏毕命者行见日鲜其人，尤足使泉台欣幸也。

五四　姜衍泽宝珍膏

沪南姜衍泽堂药肆，始自姜宾远，在小南门外里仓桥、外仓桥横街之间，其老肆为发记，新肆为蕊记，开设俱历百数十年，为沪上药肆中之最久者。有宝珍膏一种，贴治跌打劳伤，卓著奇效，加麝香者奏功尤速。有谓此膏修合之初时在冬季，有丐者至肆乞钱，而手持鲜荷叶一茎，浓翠欲滴。肆主见而大诧，以严冬焉有此物，得无神仙游戏三昧？因以青蚨百文易之，碎其片叶投入膏内，使与诸药同受泡制，顿觉异香满室，与寻常熬膏时之只闻药气大相径庭。膏成以后，凡来购贴之人佥言神效无匹，于是此膏之名乃即大噪，外埠有不远数千里而来购者，无不视为治伤至宝。当余于光绪辛卯年赴京之时，旅京同乡犹皆殷殷索取此物，盖因彼时火车未通，艰于觅取之故，可知此膏确有效力，不必以仙人遗有荷叶而传，转觉谰言无据，徒贻有识者之讥也。至衍泽堂各种饮片，较诸他肆其值略昂，而剔选殊精，不屑以次货相混，甚为难得。即以金汁而论，据云非十数年者不售。余幼时曾见其埋藏此物，乃储大号陶坛之内，密封坛口，掘开西钩玉弄之街心而庋置之，庋毕令匠铺整街砖，完好如故，云须十年以后方令出土入药。盖金汁即粪清，须得地气澄清，且须置于有人行走之处，使其不致凝滞，日久乃能渣滓悉化，臭秽全消，病家饮之毫不觉察且有效验也。

五五　李澹平

梁溪李澹平先生，好读书，博通今古，旁及泰东西诸籍，尤喜研习医理，饶有心得而不自以医鸣。清光绪间游沪，税屋法租界大马路还读楼书肆，精舍一楹，奇书万卷，先生寝馈其中，怡然自乐，门外车马喧阗一若不知也者，其襟怀淡定如是。有时间作擘窠大字，极龙蛇飞舞之致，又工铁笔，金石之气盎然。旅居既久，邦人士咸争与订交，察知其邃于医，遇有不适均向之乞治，轻症辄应手愈，重症则间参西法治疗。时上海尚鲜西医，以是人皆奇之，然先生之医名乃大噪，渐致应接不暇，始薄取诊金，且乘舆赴病家召而戒舆夫要索舆资。行道越十数年，活人无算，第始终未尝悬榜于门以医生自居也。先生少年入武庠，故臂力绝巨，并长于骑射之学，第其人殊恂恂儒雅，且身材弱不胜衣，绝不类武夫。一日，有友人欲试其技，苦无弓箭，即有之亦无从觅射圃，先生笑谓："射艺久已荒废，开弓恐不能命中，奚必是？有一技或足博公等粲，请尝试之。"乃出青蚨五十文，以右手拇指与无名指力抵之，甫一用劲，碎其两端之钱二枚，其余四十八文则均完好如故，屡试之无不皆然，众咸惊愕。余与先生交垂十载，此技亦曾亲睹之。惜其天不永年，甫逾四旬以瘵疾卒，不得不叹彼苍之忌才也。

五六　蛇王

相传昆虫中蜂与蚁皆有王，而水族中蛇亦有王，蜂王、蚁王余目睹之，出则有群蜂、群蚁相随，若扈跸然，颇为整肃，蛇王则未之见。徐家汇友人何泉南君言，某年夏夜有巨蛇一条，出现于沪西之福开森路，其时电车轨道初通，有某号车飞驶而至，此蛇不及避让，竟为所毙。驾车者不以为意，讵越时未几，突来青黄花白毒蛇无数，甚至秃虺、赤练亦俱衔尾而来，蠕蠕然集轨道中，环绕死蛇不去，乡民佥言所毙者为蛇王，诸蛇殆因复仇而至。惟是电车奋迅，群蛇何能为螳臂之当？因是一夕毙蛇甚多，翌日始俱不见。夫恶毒如蛇乃亦能为主效忠，不惜肝脑涂地若是，我不解圆颅方趾腆然为人而竟有以效忠为愚者，何蛇之不若耶？

五七　猫癖

余性爱猫，自幼至老数十年如一日，甚至与同寝处不以为秽，可谓有猫癖矣。生平所养之猫，以退醒南庐之三色猫一头做伴至十有五年之久，每余阅书或作文时，相伴案头不离寸步，最为可爱。此猫垂死之时，向余悲鸣不已，余竟为之泪下，家人哂余为痴，余不顾也。嗣后惜无佳猫，每以为憾。邑人姚绅伯欣与余为莫逆交，家有狮子猫一对，俱黑白色，毛长一寸有奇，两眼深碧，脚矮头圆，尾短而粗，背肥而厚，抚之滑不留手，盖在邵筱村中丞幕中时自台湾携归者。知余好猫，允俟育得雏猫之后赠余一头，余闻为之狂喜，乃不逾年而狮子猫以水土不服竟丧其雄，以致未果，良为可慨。

至余目睹爱猫之人，当以城内小蓬莱之管房人为最。

小蓬莱乃邑绅杨渭生先生所建，为办理焚收字纸等善举之所，平日将正屋空闭，由管门人挈眷住居余屋以司橐钥。余于弱冠之时，春华社中同人恒假是处会课，因获与之相稔。悉其蓄猫甚多，欲得一见，管屋人诺之，而先言其所蓄之猫为家中人所爱护，无论大小恕不相赠，始启扃肃余入室，则见白者、黑者、黄者、花者、玳瑁者、竹节者、乌云盖雪者、铁棒打樱桃者、雪里拖枪者，或坐或眠、或立或跃，满室皆是，细数得三十六头，余几为之目迷心醉，而其家人知余入室观猫，咸来监视，若惟恐余之乞取者。余以不夺人之所好，饱览移时而出，惟询以似此猫多，日需食猫鱼若干钱。管屋者以三百文对。余念彼乃一窭人子，竟愿日耗此三百文益之以人，殊属不赀。因叹此人一家爱猫若是其甚，可云得未曾有，猫癖如余犹不足数，因特志之，惟惜其人姓氏今已遗忘之矣。

按猫身甚温，而猫鼻四时奇冷，惟夏至日适当夏至之时略一转暖，不知何故。又毛宜顺抚，若倒抚之百余度后有硫磺气，猫必发跃。是否猫身有电，犹人手心之不可频搓，频搓则硫磺之气触鼻，愿以质诸格物家。

五八　普陀山

南海普陀山多奇景，如朝阳洞之观日、潮音洞之听潮、佛顶山之看云、金沙滩之步月，皆以山在海中，乃有种种特异之致，形胜出自天然，非若二龟听经及盘陀石之千人频推不动、一指偶触欲倾，与夫一线天之伪云能观三世、梵音洞之谬言可烛九幽，其实皆出自人工，使愚夫愚妇相惊佛法，不惜以金钱布施，遂僧人不耕而食、不织而衣之计也。

余游普陀在光绪戊戌夏六月，偕行者休宁程子耀廷，下榻于山之圆通庵，十八日晚膳以后，夜凉如水，明月朗照峰巅，俗尘扑净，清光大来，程子以翌日为观音诞，各寺今夕皆须祝圣，僧众达旦无眠，因偕余作夜游。自七时至夜半三时许，历大小梵刹二十余座，果皆香烟缭绕，钟磬琤玐，无一禅关静闭之处。后至法雨寺，有小沙弥以红糖冰茶进，饮之凉沁心脾，暑夕得此不啻甘露。旋赴朝阳洞观日出，洞濒海滨，位在正东，其时一轮朝旭正当透海而升，依稀竟在洞中，而晓霞满天，殷红过于胭脂，海水沸腾，浪花尽赤，洞口山光一似由朱砂渲染而成，程子与余之面亦俱颜如渥丹，身上葛衣俨亦映成紫色，乃互叹奇观不置。至四时余，薰风南来，渐觉微热，始徐步而返。

余性好游，而澈夜之游则生平只此一次，迄今思之盎然犹有余味，且归时在紫竹林携得石片数枚，质虽黄糙，石中皆有天然若绘之竹枝数茎，深黑有如加墨，饶有姿势，宜山僧过神其说，指称由观音点化而成，乃普陀镇山之宝也。

五九　桂花栗子

以桂花、白糖、栗子做羹，谓之桂花栗子，食之鲜甜可口，且有桂花香味，足饱老饕馋吻，人皆知之。然栗子亦有一种入口清香，生食之如与桂花同咀而成天然之佳品者，则为真正之桂花栗子，与以桂花、白糖煮成者大异，此栗良可传已。栗产杭州之翁家山满觉陇一带，是处所植树木，桂树居十之七，而栗树居十之三，当桂花盛放之时，云外香飘，远闻数里。栗子不先不后，结实亦适当其时，乃得包孕香气，竟为山中之特产品。故杭州虽以桂花栗子著称，然食之有香有不香，其不香者以产自他山，未尝受木樨香之灌输也。余每届春秋佳日恒游杭，八月间曾一再至满觉陇，看山中妇稚以布袱铺地，执小竹竿鞭桂树，使花朵坠地，售诸市中，曰桂花米。偶经小立，移时觉衣袂间必桂香馥郁，须至下山后始散，乃知栗子得蕴桂香之说果为不虚。盖衣袂间所染之香为时甚暂，且易为天风及空气吸去，以是不能久留，栗子于结实时所蕴之香昼夜充溢树间，后得果壳将香气裹住，故不啻与之同化也。

按余平生所见桂花，固以满觉陇为最多，且半皆老树，然苏州光福镇有桂桩，其根皆系数十年物，由艺花者将原有枝叶截去，使之另茁新枝，短而有致，栽作盆景，花时金粟盈堆，置诸室中奇香喷溢，颇足与春时之梅桩媲美。何梅桩沪上每岁甚多而桂桩竟未偶睹，殊惜此花之不获见赏于时，岂花之际遇亦有幸有不幸耶？嘻！

六〇　水蜜桃

上海产水蜜桃，食之皆化为水，其质味甘若蜜，因是以水蜜名，虽不若深州桃之可以就口吸食，味甘汁多，不费咀嚼，然于海上已为隽品。昔之最著名者为黄泥墙桃园所产，园在西城内普育堂斜对门外，短桥三尺，流水半湾，当时风景甚为幽寂，门内皆桃林，花时红若晓霞，游人每往览赏。逮至结实既熟，园主任客入购，并任于树头采食之，惟苟不给值，则不能袖之而归。桃以有嫣红色之鹅毛管圈者为最佳，坊间曾刊有《水蜜桃谱》可证，盖园主卫氏半耕半读以世其家，非目不识丁一流人也。

惜园至同治以后园丁不善培植，各桃树日渐萎萃，园主又不为种补，逮至光绪季年已只存老树三五株，结实亦不复累累如昔，今则大好园林竟已俱为华屋，而黄泥墙之水蜜桃遂至不可再得，实一憾事。虽龙华一带尚有佳种，然龙华自筑马路以后，地价日昂，种桃者亦日渐减少，说者谓再越数年，或仅穹远之乡间有之，蟠桃亦然，非特欲啖者难于购取，且春时将无处看花，殊为大煞风景也。

六一　并头莲

沪城也是园，亦呼南园，昔有渡鹤楼、明志堂、锦石亭、息机山房、珠来阁、湛华堂、圆峤方壶、钓鳌处、榆龙榭、太乙莲舟、蓬山不远诸胜，嗣以改设蕊珠书院易名蕊珠宫，添建魁星阁，又于厅事设纯阳殿，后进建雷祖殿、斗姆阁，由羽士为住持，兼供洒扫园林之役。清代同光之间，每逢春秋佳日，士女恒结队往游，裙屐联翩而至，太乙莲舟畔有荷池，花时翠盖亭亭，红衣冉冉，水滨散步颇足涤尽炎熇。同治九年辛未夏六月，池中忽开并头莲，一蒂双花，娇艳欲绝，一时往观者园中如市。余时年甫十岁，忆随先大父同观二次，其第一次含苞初放，映日争妍，第二次则已结成莲子二枚，临风摇曳，卓然特异。闻当年诸名士有诗唱和，佳作如林，韵事流传，迄今老辈中人犹能追忆其盛。惟也是园则自辛亥光复以后归地方公产处管理，不准闲人复入，我人鲜一消夏之所矣。

六二　周小大

荡妇周小大，苏之荡口人。于沪北赁屋三椽为秘密卖淫之所，勾引青年无耻男女欢会，即今之所谓台基者是，已则搔首弄姿，昕夕奔走于淫娃浪子之门作撮合山，坐收渔利，以致良家妇女之丧名败节与夫少年之荡产倾家者不可数计。一日，小大乔装男子招摇过市，为侦者所疑，以其踪迹诡秘，拘解会审公廨究惩。廨员陈实渠司马鞫讯之下，尽发其覆，以案情重大，移送上海县重办。邑侯叶顾之大令廷眷嫉恶如雠，判鞭背千下，荷校押游七门示众，一时淫风为之顿戢。事在清同治季年，余虽尚在髫龄，今颇能记忆及之，盖彼时会审公廨权力犹微，遇有情节较巨之案必送县署究办，且租界风月之场亦未如今日之盛，故惩一儆百人咸畏惧也。

六三　某学生

沪北麦家圈某纸号，其主人为浙籍，故各夥亦浙人居多。清光绪末叶，有某学生来自武林，年甫十五，貌既韶秀，肤更白皙，洋车中人不啻也，而性复温和，心尤静细，拜经理虞某为师，做事克勤克俭，虞颇青眼视之。讵一日忽失踪，遍觅不得，至晚亦不归，检其行李俱在号中，货物银钱亦俱一无走失，殊不类窃负而逃者，虞大异之。次日，除侦骑四出外，并函告其家属，专人至沪寻访，依然杳无下落。越七日，此生忽施施从外来，衣服丽都迥异去时寒素，号中人见而大诧，咸询其曩者何往、适从何来，生以途遇至戚止宿其家，今日始归为对。问戚何姓，则言胡氏，诘其里居，仅云在大马路，里名不详。时虞瞥见其无名指上金光灿然，迫而视之，一嵌宝约指也，问其此物何来，则嗫嚅不知所答，两颊顿赤若火，虞知其必有外遇所致，急召其家属至，令速偕生反杭，不可在沪复留，童年既涉邪途，虑其复有后祸。家人以沪地素无胡姓戚串，所云显系谵言，故亦深以虞言为然，即令束装偕返，而生竟得咯血症，不逾月即夭逝。后经其家人来沪絜述，生所遇之胡氏女在恩庆里，当其失踪之先有艳婢时至号中购物，所购必为花笺封信京片之属，故得相稔，失踪时实由此婢勾引外出，并同乘轿式马车而往，至则匿藏一复室中，款以丰腆酒肴，午夜后有一狂荡无度之女翩然入室伴寝，如是七日，坚不使出，而赠以约指及银币、金表等物，并为裁制新衣。生以离号日久，恐师焦急，乘隙遁归，不图病根已伏，竟致不治。胡氏女以童子为面首，致丧其身，实觉罪不容诛云云。此为余谱弟钟遇春孝廉树德言，钟虽业儒，其先世设纸号，故此事知之綦详。恩庆里之胡氏当时实为浪妓，篇中隐其名并隐生名者，以此妓后经适人，故不欲扬其恶，此生不幸丧于荡妓之手，留名恐伤其父母心，以是皆删去之也。

六四　糖镯案

清同治间，上海租界开放未久，繁华不若今日之盛，而人心之狡诈当日则已兆其端，如余幼年所闻之糖镯案，良足慨已。

棋盘街有某妓女，么凤中之小本家也，衣饰华丽甲于姊妹行，貌亦甚为娟秀。一夕值大雪，马樱花下偶鲜游骢，妓乃偷此余闲与房侍至金桂轩包厢观剧。同座遇某少年，貂帽狐裘，举止豪阔，目灼灼视妓不稍瞬，旋与之通款曲。妓固以黏（拈）花惹草为唯一生涯者，当亦殷勤叙语，剧终后竟与之偕归。少年立命设宴以宠之，逮夫送客留髡，妓见少年臂间有金条脱一，重可五六两，为天圆地方式，黄色灿然，欲乞取为定情物，讵少年靳不许，妓亦无如之何。乃次日少年梦醒，忽狂呼失物不已，妓询所失何物，则即以金条脱对，谓是必索取不得阴为窃匿者，于是大肆咆哮，谓非交出此物或以原价偿回不可。院中人见其声势汹汹，罔不大骇，当经本家向妓盘诘，妓以条脱虽曾一见，实未取彼，并指天日为誓，语次啜泣不已。本家察其可信，必不得已，乃以狎客诬窃索诈报告捕房，经包探到场查究，少年犹气盛言宜作凛然不可犯之色。后经此探检察床褥，忽于枕畔得饧糖一细条，异而询妓何来，妓始悟少年于睡梦中似曾食物，当时以倦眼惺忪未及审视为憾。探因立向少年穷究，乃知此条脱实系饧糖制成，外裹金叶一层，少年拟于睡后食尽，藉图诬诈，不料遗此戋戋，度为将曙时摸索不得所误，以致败露。探乃将少年拘入捕房，翌晨解送公廨惩办，妓诬始获大白。此包探之名似有一子字，惟为方子畏或陆子云则不复记忆矣。

六五　两次大火幸免

余新居在沪北，等于燕子营巢，年无定所，而先人之敝庐则在沪南里篾竹街，已历二百余年，屋经三次改建，地址虽不甚宽，院落尚多空气，以是吾爱吾庐，不愿合家北徙，老妻与稚子居之，余则每暇即返乐叙天伦，晏如也。

癸丑冬十二月二十八日之夕，余回南，岁暮祀先，讵邻居不戒于火，顷刻燎原，厥势大炽。余见危机已迫，急令家人奔避，惟严戒不携一物，俾无抢匪路劫之虞，余则与包车夫朱济才守屋不去，且以棉被灌水覆窗牖及披屋上以防火种飞坠，并开自来水龙头取水灌救。移时，室中烟雾弥漫，前后门各邻屋俱在火中，余家四壁热可炙手，济才屡欲掖余出险，继之以泣，而余心殊镇定，令其速启大门，延救火会驱皮带车二辆入驻于庭中，射水扑救。又见后户之石库门已遭燃及，亦欲启关时，救火会会员姜咸五、冷子芗二君俱言此门若开，恐有火焰卷入，坚执不可，而余则以火力如是其炽，虑其顷刻洞穿，卒偕济才各以巨桶注水冒烟突火启之，并约拔关后急沃以水，身躯各须蹲伏以避烟焰，果幸门甫洞开，火道立断，且姜君等得以皮带射救，乃获转危为安。余屋未损片瓦，家中亦不失一物，仅毁库门二及门上石梁一、石柱一，洵由天佑，亦深感姜君等施救之功。灾定后察看火场，共毁房屋四十余幢，前门对邻右邻，后门对邻左邻房屋俱已付之一炬。翌日余因厚犒济才，以嘉其劳，此第一次也。

越七年，庚申四月二十八日午刻，是处又火，毁屋较少，然亦至二十余幢，殃及前后门邻屋几如前次，惟后户之对邻幸免。当火起时余适在北，深喜家人克守初次避灾之法，各人单身出走，故亦损失毫无。

故庐两次大火俱获无恙，当时皆未投资保险，诚为万幸。因是思临危镇静实为免劫第一良法。盖不如是则屋虽未火然，衣饰器用一经仓卒移运，难免不遭损失，甚或竟致荡然也。

六六　叩门避劫

癸丑冬，余邻居大火，幸未殃及之，〈夜〉起火时虽在黄昏，而救灭时已达夜半，余与包车夫朱济才衣履皆涔涔湿透，乃各易衣稍憩。至四鼓后，余因翌晨有事始返北居，念是夕济才体已惫甚，不令驱车，分道而行。时余居马立师马安里，因徒步至小东门雇黄包车，匆匆上道，驰经半途之四岔路口，突遇三人彳亍道旁，若有所俟。斯时余车行甚迅，此三人忽随余车后，若流星之逐月者然，余觉而大惊，默念身畔有钞币百余，且所衣之狐皮袍及獭绒领大衣厥值亦颇不赀，设有不测，孤掌难鸣，何从抵御？不禁为之慄慄危惧，而回视三人已将追及，慌迫中偶得一策，急令车夫止步，奋身一跃而下，举手叩一道旁居户之门。车夫不知余意，犹谓："是处非马安里，先生得无有误？"余不暇与言，以右手给予车资，左手叩门益厉，斯时三人掠余身而过，似相顾作摇首状，迤逦向东，余惊魂始定。以门内声息寂然，无人起而启扃，而黄包车犹在街心未去。逆料三人其行已远，乃复登车，嘱仍至马安里。车夫谓："先生既已叩门，何以不俟其开？"余以适间所遇三人形迹可疑，故特叩门避劫为对，车夫乃亦如梦甫觉，谓："此三人固甚诡秘，避之良宜，然叩门后若有人启关，先生将何以处之?”余笑答曰：“是当告以避劫实情，并向道歉，度彼亦必不加罪也。”车夫唯唯，于是安然送余返家，天光已将曙矣。

六七　悟痴道人

悟痴道人钟如春，名树声，余笔砚交中之最相契者也。少年磊落，负奇气为文，跌宕不羁，尤工吟咏，力摹盛唐，而唐代诸家诗烂熟胸中，故恒喜集句，宛若天衣无缝，置诸黄唐堂《香屑集》中几不可辨。尝一应童子试不售。以呫哔不足习，愤然投笔从戎，随张厚斋军门之粤为记室，王粲依刘，宾主甚形相得。越三年而归，豪放尤甚，发为诗歌，恒多奇气勃勃之句，与余酬唱最多，余之耽吟盖自此始。钟于暇时更喜作貂裘夜走胭脂坡故事，载酒看花，殆无虚夕。时余犹足迹未履衎院，每规戒之，不听亦不忤，唯以世无花月美人不愿生此世界为对，而戚友有欲为之议婚者则又坚拒若不及，谓：“丈夫当四海为家，乌可受妻孥累？我之别署悟痴而系之以道人，此志可得而知，诸公幸勿以姻事相溷。”坐是竟不娶，无何以纵饮过度，致撄瘵疾卒，年事犹未逮颜渊命短也。呜呼伤哉！当时余挽之以诗，有“钟期已死知音少，孙楚虽生别恨多”之句，惜原稿不复存在，他日若刊诗集，必须重续前吟，惟是一经回首追悼，益令我心伤悲耳！

六八　叶友琴

叶青字友琴，吴之洞庭山人，故人雨亭君之子也。雨亭商于沪，遂家焉。友琴生而岐嶷，幼读即知辨析疑义，勤恳异常儿，第家非素封，丁年后即辍学。父欲令之习贾，友琴坚不允，以闭户自精请，乃借书于戚友而研摩之。时西学方发源，因向父乞资购得西国典籍从事探讨，有不能得其门径者则叩之于人，数年后竟无师自通，虽语言不甚熟谙，而文字则渐颇详悉。又以中国书万不可废，复从事于经史之学，旁及诗歌词赋，昕夕视书如命，弱冠能作五七言小诗，遂出而为人师，授徒于南市之升吉里一年，以青毡不可终老其身，他日曷以敷仰事俯蓄，爰又改研天算之专门学，历数年而艺成，预推每岁日食、月食，志其初亏、食甚、复圆等时刻以觇验否，而投稿于余所主之《新闻报》。余嘉其学而详载之，逮至是日合诸钦天监所推时刻，果未尝差累黍，余始惊其造诣之精，而友琴乃亦自信。会张香涛制军督两湖，延揽人才介人，罗致幕下，为天文教习并掌天文台天算事，自此处境始稍少裕，而雨亭君夫妇即相继逝，友琴哀毁尽礼。逮张香帅两湖出缺，亦辞席而归，决意不复就事。今其人已年逾五旬，而须鬓早白，望之如七十许人，殆少年时用心过度所致。然有志者事竟成，若友琴者诚不愧“有志竟成”四字，故能赖以自立，殊非易易。而香帅出缺终身不复干进，尤见其出处不苟，卓然可风。余记是，则余深敬其为人，更深幸雨亭君之有子焉。

六九　敬业书院题壁诗

邑城昔日有书院二，为道厅县课士之所，一曰蕊珠，在南城，专试本邑举贡生监；一曰敬业，在东城，兼课童生并在沪游学各士子。每逢月试之日，例有中膳一餐，蕊珠较为整洁，敬业则以人多之故，几致不堪下箸，且每迟至日昃以后，厨丁仅将筷碗陈列号板之上，肴与饭尚不即送至，诸生受饿既久，乃有见而抢夺者，成为院中恶习。清光绪中叶时，有某生于壁间戏题五律一首以形容当时之情状，曰："日影过西墙，诸生饿瘪肠。青花空有碗，白菜尚无汤。吃尽茶何用，闻来饭最香。此时同急煞，只望抢他娘。"措词稽滑，颇为士林传诵，而以颈联尤为警切，今忆录之，以见昔年书院试士之一斑。至敬业旧址，光复后已改为县立高小第一学校，敬业堂不复存在，各课室亦并形迹而无之矣。

七〇　东门第一家

水木工匠为人建屋，相传其有压胜法，若主人相待过苛，必以此为报怨之具。如某笔记载，某姓建屋，圬工于屋脊满龙之时暗置骨骰四粒于内，厥后其家代出赌徒；又有木工以黄历一、笔一、尺一暗置仪门顶上，取一年后此房必拆之义，后果因邻居失慎，此屋大受蹂躏，复经拆去重建，屈计恰值一年。诸如此类不可殚志，一若匠工此法罔不百试百应然者，特是以余所闻则反是。

沪城朱氏，望族也，世居东门，父老谓其清代咸同以前，自大东门城根至东西姚家弄一带，为朱姓聚族而居之地，当其兴建住宅之时，匠人亦以待遇菲薄，经圬工制一泥人，木工制一木枷戴于其人项内，甫经砌入门阑，适主人于于然来督工，见而讶之，询匠以制此奚为？匠仓卒中罔知所对，一人情急智生，因枷字与家字谐音，答称此为一进东门第一家，乃祝尊府门闾昌盛之意。主人明知其妄，姑以既为吉谶，一笑置之，勿复究诘。其后朱姓子氏繁衍，家声大振，果与所祝之语适符。今春泽堂、思敬堂等各房尚为沪上巨族，以东城一带而论，犹克副第一家之称。是则匠工本欲诅之而朱氏反因是得吉，可知祸福之权决非匠工所能操纵，大约当视其家之阴德若何。矧自泰西通商以来，房屋大多包建，西人又不信此种鬼祟行为，工匠无从施此伎俩，此后压胜之说更当不攻自破耶！

七一　剪辫子

清同治间各省盛传有白莲教匪于暮夜剪人发辫，剪时由匪驱遣纸人为之，一时市虎杯蛇，信者甚众。然匪徒剪辫何用，则又人人莫知其详。一夕，沪北某茶庄小主哗言其辫为纸人剪去，翌日果见其短发鬅鬙，不能掩及厥项，家人以为不祥，延僧设醮禳之，闻者益互相惊惧。乃后有泄其隐情者，言茶庄小主之辫非剪于匪而剪于痞，盖缘小主私识一妇为地痞所知，纠众于奸所执获，向之勒索巨资，虑其事后反噬，因以并州快剪截其八千根烦恼丝留以为证，然后释之使归。小主遭此奇辱，羞见江东，幸回家时已在深夜，无人获睹，乃默不作声，直至天将黎明始佯言辫为妖匪剪去，致将合家惊起，相顾骇诧，父母等皆为所绐，乃有延僧建醮之举，此剪辫趣闻之一事也。又有城南某姓之妇与夫口角，自剪其发，后亦诓称为纸人所剪，以致女界亦相率惴惴，此为剪发趣闻之又一事。

总之，当时讹言四起，实实虚虚，不可究诘，幸而谣诼年余旋即息灭，所谓白莲教匪始终无所扰乱，人心得以渐安。惟是清祚日微，至宣统而宗社竟覆，各省人民相率将辫剪去，甚至学界妇女亦有剪发之事，则是同治间剪辫之扰，殆为国家将亡必有妖孽之兆，否则何遥遥相应之巧耶？

七二　百龄老人

吴兴倪榴生君言，嘉兴有老人某，木工也。年已百龄外矣，而健步犹能十许里，每晨必由乡间之作场内至镇中某茶肆瀹茗，逮向午而归，风雨无间，行时手不扶杖，偶值田沟时或超跃而过，绝无龙钟状态，故不知者必不以为百龄。老翁当幼年时习艺于嘉郡某棺木肆，值发乱告警，肆主全家避难，以肆中事委之于彼，一日发军骤至，断其肆旁之桥，居民毙于水者无数，彼则以未出肆门幸免于难。事后恻然悯之，虽见发军已退，虑其他日复至，难民欲济无梁，何能逃避？时肆中除棺木之外尚有木植甚多，乃以数株置诸河滨，贯以制棺所用之巨铁钉，支一浮桥，既便行人，并可藉防后患，棺木则悉以盛殓死尸，愿俟肆主归时陈明其事，既非将货私售，度必可告无罪。乃越日果发军又至，此次幸未拆桥，人民之度而得活者不下千百人。邑中咸颂德不置，故承平后肆主归来获悉其事，亦深嘉其宅心之仁，非惟不向索偿，并以百金为赠，酬其守屋之劳。彼乃藉此营运，设一小作场于乡间，频年生涯顺遂，坐是竟获小康，而人更终岁无病，精神至老矍铄。人皆谓其当日行善之报，斯言良有以也。

七三　董香光读书处

沪上地濒海滨，名迹不多，所竞传于口者，如黄渡为楚相春申君黄歇渡江处；古鸣鹤桥即北桥，为陆机放鹤处；东西芦浦亦呼芦子城，晋虞潭所筑以防海寇处；筑耶城在十六保，为晋袁山松以备孙恩处；瓶山在北桥镇，为袁山松犒军处；酒瓶山在青龙镇，为宋韩世忠犒军处；露香园为明道州守顾名儒所筑、豫园为潘允端娱亲所筑之类，凡兹荦荦大者，居沪游沪之人泰半皆能道之。惟董香光之柱颊山房读书处在邑城董家宅，人鲜知者。今董家宅已易名倒川弄，其屋为邑绅姚紫若君所居，已历数世,厅事前之庭心极广，叠石成小山，山下有池，颇饶幽致,墙上有“溪山清赏”石刻，为祝枝山所书，皆系昔时建设，未经更易位置。房屋则除厅事仍为原址以外，余已翻改。余与姚绅家有世谊，曾屡造之，每登堂时殊穆然于文敏公之遗风未泯也。

七四　瞿壶

邑绅瞿子冶广文应绍，书画宗南田草衣。道咸间尤以画竹知名于时，且喜绘朱竹，纵大叶粗枝偏能脱尽火气，赏鉴家谓其已入化境。更喜以宜兴所制之紫砂茶壶绘竹其上而镌之，奏刀别有手法，为他人所不能望其项背，故当时一壶之值已需银三四两，逮瞿物故之后厥值更昂，今偶有此种瞿壶，骨董肆皆居为奇货，非十金、数十金不可，而真者尤未必能得。盖珍藏家既不愿脱售，而陶器物又毁损极易，以致日少一日，所售者半皆赝鼎也。

七五　生丝鹞

鹞即古之风筝，沪上四五十年以前道旁尚无电杆木时，每当春日郊外极多此物，晚间甚或系之以灯，远望之如红星耀于天际，而鹞鞭声更如风劲弓鸣，洋洋盈耳。然此种皆系大鹞，放时须用麻线，大抵游手好闲之人居多，惟邑庙豫园凝晖阁前另有一种小不盈尺之生丝鹞，则虽妇女、小孩亦皆视为雅玩。

其鹞以娱松及蝴蝶二种为最佳，以生丝纵入半空，亦可高至一二十丈以外，活泼泼地真若有娱松、蝴蝶飞舞碧霄，别饶奇致，亦有不用生丝而用丝线者，则高可至二三十丈。第制此者仅有一人，后以此人老去，仿制者皆不得其法，放时类难直上青云，遂致无人购取，而此生丝鹞乃不复见。今则各马路电线木林立，每届春令必禁放风筝，故各鹞俱已绝迹矣。

七六　塌地菘　银丝芥

塌地菘即塌科菜，亦名盘科菜，沪邑农圃中之特产品也。茎短叶绿，贴地而生，深秋种之，经霜后可食，味较他菜肥美，惟若分植他处则必种味俱变，亦犹橘逾淮而为枳，地土不同之故。邑续志谓，此菜种桑桃树下者味苦，种东西田头者其梗半刚半柔，味必较减，种南北田头者其梗刚柔适宜，味乃绝佳，可知地气与菜大有关系，无怪移植他处而不能也。又沪邑产银丝芥，欲呼芥辣，茎细心扁，叶琐碎如蒿，味辛而芳，秋种冬荣，邑人烹之作菹，为夏历岁首辛盘中必不可少之品，第亦不能移种他地，移种则必难畅茂，味亦失其常度。

此二植物昔日皆以产自西南门外园地者最佳，盖当时西南门外一片平畴，间有茅舍竹篱，为老圃聚族而居之处，以是所种园蔬平日灌溉得宜，劚取后售之于人，地又较近，无须用水浸润，以防茎叶萎悴，故真味尤能不变，与来自浦东及远处者不可同日而语。今则西南城地价翔贵，农田俱变华屋，已无种蔬之处，至近须求之龙华、徐家汇一带矣。

下卷

一　跨海桩

秦始皇筑万里长城，工程之巨，为中国历史冠，惜余未一莅其地，不获目睹，至为憾事。锦州火车站站长陈少庭君言，长城旧址始自临洮以讫辽东，五代以后稍易其位，今则西起甘肃、东抵直隶临榆县之山海关，绵亘五千五百余里，皆以砖石筑成，虽已不无剥蚀而雄壮之势则仍不改昔观。至其建筑时之最奇者，为由山海关至新疆之跨海桩，城越大海而过，建桩时以大铁釜沉于海中，层累为之。盖釜既入海，铁性坚定可以不移，逮夫层层叠置，更无漂流之虑，而釜口向下、釜底向上，各釜在海中为水力吸住，自堪砥柱中流。若虞铁质易朽，则当海潮冲刷之顷，必有流沙入于釜内，久之团聚不散，铁纵朽而桩已告成，矧凡恒在水中之物朽烂反而不易，乃为物质本性，益觉此桩之坚久克恃。可知此城当缔造之初，虽建筑学彼时未明，而将事者颇胸有成竹，故得蒇此巨工，为千古疆防第一。特是秦有长城享国亦仅二世，则知国本之培在德而并不在险，况近代炮火盛行，城堡等于虚设，则此种建置尤属徒縻府库耳。

二　火里罪尸

东三省胡匪横行，杀人绑票等案层见叠出，不以为奇，官军纵严加剿办，而若辈愍不畏法，以致难绝根株，实为地方大害。某岁，黑龙江督军某招安大股胡匪，欲使革面洗心，勉为良善，将来并可为国效力，即以之作剿匪乡导，余匪不难一鼓荡平。讵意此匪队受降之后野性难驯，仍做种种不法之事，且风传将不利省垣。事为督军所闻，某日乃设宴遍请各匪魁，扬言即席授职，伏甲庭内，俟其至而执之。是日到渠魁五十余人，悉置诸法，一面调兵围困匪营，枪炮兼施，尽歼丑类。斯役毙匪之多不下五六百名，各匪因若迅雷不及掩耳，故得人人俯首伏诛，其易若此。当匪魁等枪毙之后，洗剥衣服，叠尸旷地，纵火焚之，衣袴及袜心、履底间类皆钞币累累，且有珠宝等物，具见平日造恶，乃致有此结果，天道殊未梦梦。惟当各尸焚化之时，尸身本皆乱卧于地，其四周遍架板柴以及引火诸物，火焰既炽，各尸突然矗立作奔窜状，几诧其死而复苏，逮夫皮肉皆焚，犹有兀然未倒者，直至焦骨仅存，始俱仆地澌灭，其惨状不可言喻。余第三女闾如是岁随婿旅居黑龙江，曾目击之，归后述之于余，犹作恐惧及恻怛状也。

三　明陵奇案

癸亥夏五月，鸣社同人聚餐于秣陵，因姚劲秋君值社，是岁僦居宁垣，故觞咏于秦淮河畔也。先期偕游燕子矶、三台洞、玄武湖诸名胜，并于夕阳西下后泛舟于桃叶渡头，兴复不浅。越日，又游紫金山，谒方正学祠，吊明孝陵。姚君谈及孝陵之隧道间曩年出一奇案，某日有靓妆少妇偕二健男子，于中途雇汽车一辆至山下游览，是日天虽畅晴，而其时已日影西斜，游人大半歌陌上花开之句。此三人抵山下车之后，徐步同赴明陵，御者不虞有他，在车默候。讵至暮色四合，适之，见其入者渺然不见其出，始蹑踪侦促之，则瞥睹隧道有女子仰卧，赫然即车中妇也，肩颈浴血，状似饮弹而死，二男子已不知何往，地上亦无凶器。乃急报官相验，并于四山赶紧缉凶，奈如鸿飞冥冥，弋人不得而慕，度必由小径逸去。此妇当验尸之时，闻其浑身衣裤俱新，且有珍饰，故颇不类出自小家。惟此案若疑为盗，则何以死后不施劫掠；若疑为奸，则衣扣裤带丝毫皆未松动；若疑为仇，不知青春妇有何结怨于人，乃致竟遭惨毙。天下事有百思不能得其端倪者，此类之案当为其一。同人聆言，俱以是案疑窦诚难剖析为慨，余因撮其大略而记之，至于此妇之因何致死，洵无从臆测也。

四　清道人轶事

江西李梅庵方伯瑞清，前清名太史也，文章诗赋卓绝一时，而虚怀若谷，绝不以一得自矜，恃才傲物。当任江宁提学使时，纵教员往谒，翌日必亦殷殷答拜，其谦恭下士可见。有清鼎革之后，不屑复涉仕途，飘然挈眷旅沪，易名清道人，以鬻书自给。缮魏碑最得金石气，当代无与抗手，故乞书者以魏碑为多，年获不下万金，衣食赖以无虑。盖当其初莅海上之时，固清风两袖，寸蓄毫无，绝不类曾任监司大员者之宦囊累累也。性嗜蟹，一日能罄其百，故当时有人戏锡以“李百蟹”之号。又嗜食闽菜，小有天闽菜馆中恒有其足迹，有时酒酣耳热，即席挥毫，不知者以为何来一道者游戏酒家，实则先生已易道装，以是俨然为道人也。惟是先生手书之件，凡清社未屋以前者其署款必皆为名，若为民国年间所书则下款必仅“清道人”三字，且不书民国年月，有辇重金强之者，则缮光绪或宣统某年而下款乃署名“李瑞清”，不则纵万金不能易其操。其性情之坚执殊足以觇，其风骨之端严，诚清室遗臣中有数人物也。

五　杨斯盛轶事

杨斯盛字锦春，川沙之青墩人，髫龀时携青蚨百文到沪习公输子业，奋勉异常儿，师因深契之。成丁后克勤克俭，凡赴主家工作，主家亦俱重其为人，以为是子岂以末业终者，旋果领袖群工，为人包建广厦，得以渐起其家。中年后积资达数十万，然犹事必躬亲，严杜偷工减料诸弊，人益嘉其笃实，营业愈形发展，而其最为当世所称道者，晚年以地方与学事自任，特于公共租界蔓盘路创办广明小学，招致子弟读书。后又办广明师范学堂，培养师范人才，预为分设小学基础。至光绪季年，特在浦东六里桥购地数十亩，独资建浦东中学，并附设小学于内，嘉惠莘莘学子，可谓余力不遗。更另提巨资生息，以子金作终岁校内开支，其擘画尤为详尽。又于青墩亦设小学，不忘故乡，此实当世缙绅所不易为者，而杨竟为之，其毅力为何如？且光复前革命之役，有某孝廉等三人因嫌疑被逮，得杨力保出狱，代白厥诬，并助资各令出洋游学，世咸谓其肝胆照人，洵非常人所可几及，良足与甬绅叶澄衷之创办澄衷学堂同垂不朽，而任事之勇往则尤过之。盖叶绅自甬至沪，人言其以操舟起家，与杨之始业木工实相伯仲，乃发迹后不谋而合，各以培植人才为己务，共垂此不世之名，诚为无独而有耦。至杨之任事尤勇于叶者，以叶于晚年时事业既多，精神几于不敷肆应，不若杨之老当益壮也。

六　立雪庵盗案

浦左六里桥有立雪庵焉，地仅数弓，屋不甚广，住持僧好与绅富往还，且雅爱莳花，佛前洒扫清幽，陈设精雅，不知者疑其为饶有储蓄。一夕，忽有群盗肆劫，执僧而缚之，置诸庭除，盗咸入室搜括财物，僧瞰庭中阒无一人，得以从容自释其缚，觅得法器中之大锣，猱升邻家屋顶鸣金告警。先是，盗党曾在镇密议，有图劫杨斯盛住宅之谣，其言泄之于人，以是杨氏早有戒备，其所创之浦东中学内诸生闻校主家有警，亦均相约不眠，愿为援应。逮听金声乱鸣，各学生及教员、校役等咸秉炬执梃以从，杨君高握手枪奋勇而前，至桥心约束诸生缓进，已则作一夫当关势，攀机立放数枪，以阻盗党过桥。盗见捕者四集，且有火器，不敢抵拒，顿即纷纷逸去。庵邻犹欲袭击，杨以穷寇勿追为戒，始各中止。入视庵中，竟幸未失一物，住持稽首遍谢众人，而尤德杨救援之恩。盖当时杨若不开手枪，盗犹未必畏惧，难保其不挺而走险或做困兽之斗，却退无如是之易也。此为清光绪末叶事，六里桥乡人为余言之。

七　冒牌巧思

华人依赖性成，商业界为尤甚，故如某业何店出名，即冒射某店之牌，冀攘其利，如苏州稻香村之茶食、陆稿荐之酱肉、扬州戴春林之香粉、北京王回回之狗皮膏等，此一市招彼又一市招，几不辨何者为真、何者为伪，此冒牌之直捷了当，不易一字，无所用其巧思者也。他如杭州张小全之剪刀、上海宏茂昌之袜店，则全字用同音之泉、淥等字，昌字用同音之锠字等以混之，此冒牌之音同字异，虽见巧思，其实弄巧反拙者也。以余所见，巧不可阶之冒牌有二，一为祥芪肥皂之酷似祥茂，芪、茂二字其音大不相同，而将芪字草写其形恰似茂字，以致涉讼公庭，原告为祥茂洋行，而祥芪卒以并未冒牌获胜，祥茂无如之何。其一则为四十余年前之城内彩衣街瑞枀山房书坊，彼时影射同街之埽葉山房，故瑞枀山房四字店招有意写《十七帖》，将瑞字之斜王傍故瘦其笔如土旁，右旁之耑字将上半山字特偏、下半又故长，而字之结末一直，骤睹之绝似草书之埽字，枀字则将公字之两点故意写高，且笔势飞舞，远望如草字头，又将厶字写作墨团，紧接下半之木字，于是绝类草体葉字，以致售书者每多误至其家。其实瑞枀、埽葉字音字面判若天渊，埽葉固绝不能与之交涉也。然埽葉山房至今生涯发达，日上蒸蒸，而瑞枀则早一败涂地，可知人贵自立，商业之牌号亦然，影射取巧无益也。

八　浆糊起家

人生致富之道不一而足，大抵其人必善于操业，工于理财，或有非常遇合，乃得一帆风顺，不难汔可小康，从未有以不名一钱几将饿死沟壑，无恒业之可操、无幸运之偶值，竟以白手起家，居然积产千金，驯至由千而万，面团团作富家翁者。有之，厥惟浆糊起家之某甲。

是甲不知其何许人，亦不详其姓氏，清光绪间落魄沪江，裋褐不完，饔餐不给，惨如也。顾羞与丐者及痞徒伍，日惟仆仆于公共租界之宝善街一带，默思觅其活计。见各店肆俱需用浆糊黏物或封固函件，无则必乞诸其邻，灵机偶触，乃脱身上敝衣至小押肆质钱百文，以三十余文购一瓦钵、六十文购干面，余钱向老虎灶购水冲浆，拾马路上遗弃之香烟匣贮之，携送各肆，有给钱三两文者笑而受之，不给者并不向索，而是日竟得钱百余枚。翌日因复购面调浆，按户致送，数日后资本得以周转。凡局面较小之肆当日概不收钱，留俟月终向取。如是者二三月，复向福州路、石路等处推广送户，逮至一年既届，积资竟达千金。盖以每一家按月得资百文计，千家即可月得钱一百千，通年乃得有此巨款也。第甲犹以为未足，次年更至二三马路广送各店肆，以每日利用，故拒者绝鲜，而甲之所入乃愈丰，渐以其资赁屋而居，娶妻生子，至十年后事闻于人，有效之者，始弃是业，而手中已不下万金矣。民国初年，其人尚在，年事似逾知命，而状貌丰腴，大非昔日寒陋可比，盖居移气养移体所致，乃觉大富由命、小富由勤之说，古谚洵属不诬。彼只知任意挥霍之败家子，途穷日暮之余，委咎于实命不辰者，对之良当愧死矣。

九　酒国将军

王松堂先生名恩溥，浙之四明人，学贯中西，旁工词翰。弱冠旅沪，入美领事署总任簿书及银币出纳诸务，迄今历五十余年，一丝不苟，深得外人信任，并钦佩其毅力精心。壮年豪于饮，有千杯不醉之概，自署曰“酒国将军”，而酒德极优，微醺后惟效李青莲斗酒百篇古事，每以吟诗解酲。其所居有小楼滨临歇浦，推窗闲眺，颇得翦取吴淞之致，因绘一小楼吟饮图，自题七律一章其上，自是易署外篆曰“小楼主人”，一时和者百余人，裒然成帙，先生顾而乐之，因即付刊。当时余亦有和作附骥通集中，犹忆某君之“登一层穷千里目，借三杯寓十年心”一联最为惬切不移，惜其名今已忘之。

先生于花甲后始戒饮，七旬后涓滴不入于口，近且终年茹素，而精神矍铄，犹似五十许人。夫戒饮不奇，以素日嗜酒之人而晚年竟能戒饮则奇，殆以酒为腐肠之物，卒能大彻大悟者欤？先生性慷爽，与人交恒肝胆相托，且遇地方公益诸事乐善不倦，数十年如一日，今子孙繁衍，集窦桂谢兰于一庭，英材辈出，蔗境足娱，天之报施孰云有爽？余记是则，余实心仪先生之为人也。

一〇　吴趼人

南海吴趼人，工诗词能文章，奔放不羁，有长江大河之概，能道人所不能道，而又兼长小说，所著《吴趼人哭二十年目睹之怪现状》等书，能令人泣，能令人怒，能令人笑，无不风行于时。性嗜酒，每于酒后论天下事，慷慨激昂，不可一世。第偶作小品文字如俏皮语等，则又哀感顽艳兼而有之，其运笔之轻倩若出两人。犹记前清光绪某岁，陆素娟校书病殁，有客在海国春开追悼会，广征挽言，吴赠以联云：“斯情与我何干，也来哭哭；只为怜卿薄命，同此惺惺。”命意措词洵属别开生面，宜当时传诵不置。

吴为粤之佛山人，故自署曰“我佛山人”。一日有某小报与之作笔战而误以“山人”二字之字义等诸山樵、山民之类，致将上之“我佛”二字连缀成文，皇皇登诸报纸。吴见而狂笑不已，翌日兴师问罪，谓我系佛山之人，故曰我佛山人，何得竟施腰斩之罪，将佛山二字断成二截，佛说未免罪过，善哉是言！其雅善滑稽又如此。惜穷年不遇，郁郁以殁，凡与吴有文字交者皆悲之。

一一　李伯元

南亭亭长李伯元，毗陵人，小报界之鼻祖也。为文典赡风华，得隽字诀；而最工游戏笔墨，如滑稽谈、打油诗之类，则得松字诀；又擅小说，形容一人一事深入而能显出，罔不淋漓尽致，是又得刻字诀者。当其橐笔游沪时，沪上报馆只《申报》《新闻报》《字林沪报》等寥寥三四家，李乃独辟蹊径，创《游戏报》于大新街之惠秀里，风气所趋，各小报纷纷蔚起，李顾而乐之。又设《繁华报》，作《官场现形记》说部刊诸报端，购阅者踵相接，是为小报界极盛时代。笔墨之暇，喜以金石刻画自娱，尝镌图章一方赠余，即余不时盖用于题件上之“漱石”二字，笔意苍古，卓然名家。盖当时余戏创《笑林报》于迎春坊口，与惠秀里望衡对宇，故得朝夕过从，彼此为文字上之切磋，往来甚密也。无何，李患瘵疾卒于亿鑫里旅邸，时年犹未四十，才长命短，良可悲也。

一二　双清别墅

双清别墅初在沪北老闸之唐家弄，园主人为浙湖徐棣山君，土人因皆呼之曰徐园，有鸿印轩、十二楼、又一村等诸胜，虽地不甚广，而倚花作障，叠石为山，颇饶园林胜趣，与张园、愚园之半参西式者有异，故有泉石之好者咸啧啧称道之。主人每值春秋佳日，任人入内游览，仅收园资一角，可谓取不伤廉，而新正自十三日上灯以迄十八晚落灯节，尤每夕张灯供客夜游，并设曲会、书画会种种雅集，兼制灯虎请客猜射，中者则赠以彩物。主其事者为徐岫云君，斗角钩心，颇具巧思。元宵夜则例设焰火及各种花炮于鸿印轩厅事前，然放极银花火树之奇，惟常日则例止夜游，虽盛暑亦扃闭如故。今园主人已归道山，其哲嗣冠云、凌云昆仲以唐家弄市廛日盛，嘈杂叫嚣，不可复处，乃雇巧匠将全园拆卸移建于康脑脱路，布置悉如其旧，地址则较前为宽。第是处出路窎远，游人不无有径远地偏之慨，故每岁除梅花、兰花、菊花盛开时仅于日间开会娱宾外，新正灯夜之游竟尔不可复得。抚今思昔，不禁感盛会之难逢焉。

一三　奇方愈疾

老农沈洽忠，余之家祠内管屋人也，秉性诚悫，一乡称长者，耕种外绝不预他事，而布衣蔬食，尤能淡泊自甘，不失乡人本色。年六十许时忽撄反胃症，每食即吐，日渐加剧，甚至茶水亦难下咽。延医诊治，百药罔效，以致肌肉瘦削，精神萎顿，自分性命已在呼吸，故经预备后事。其妇忧之，默念医生虽不能治，然世有“丹方一味，气死名医”之谚，曷不于草头方药中求之，或克有济？乃逢人遍询，喃喃不绝于口，几类狂易。后有某老人授以一方，曰疾固可救，惜药物不可得，为之奈何？妇询需何物，则言须觅狗粪内食而未化之肉骨，煅灰以开水冲服，此方曾愈数人，度必可疗。沈妇闻而狂喜，即于田陌间遍觅之，三日后幸得一茎，携归以清水洗净，置瓦片上煅之成灰，使沈如法服之。服后果并不作吐，越日即其病若失。自是每日健饭如昔，寿至七十余而终。妇固与沈同庚，夫死未及一月亦即从夫地下，载赓同穴之章。屈指沈愈疾之后适获延寿一纪，人皆谓长厚之报，不为无因也。

一四　百效膏

京师有所谓百效膏者，每岁惟夏历四月十四之纯阳诞日熬制一次，相传能治一切外症，初起者均可退消，而于无名肿毒为尤验。庚戌四月，余适在京，寓前门延寿寺大街吴肃堂殿撰鲁旧邸，是日下午倩人往购，以备南旋后馈贻戚友互行方便之需，讵为时已宴，此膏竟悉数售罄，不复可得，云须俟诸来岁。殆物以罕而见珍，故售罄后即戛然而止，既为是膏尊重声价，且购得者更可过神其说，至于治症之果获百效与否，余殊未敢必也。惟京中杨梅竹斜街雅观斋之保赤丹治孩童惊痫、痰厥、食积等症，前门乐同仁堂之万应锭治外症可敷可服，又瑙砂膏贴治外症去毒生肌，王回回之狗皮膏专治痞症，凡痞块初起者贴之可以消散，是皆卓著奇效者，故凡至京游历之人罔不购取若干而返。至马应龙眼药点治风火障翳目疾，亦颇应手辄验。第马应龙售药之原肆实在河南定州，非北京所制也。

一五　黄花菜　龙须菜

黄花菜即新鲜之金针菜，龙须菜即新鲜益母草，北京四五月间有之，皆可入馔。丁未夏余旅京几及十旬，得以饱尝此二品风味。黄花菜甚腴嫩，龙须菜清香适口，以之炒肉丝甚佳，酱麻油拌食亦可。又夏时之王瓜与红果儿——即山查糕一同切丝拌食，加入白糖少许，味与江南之密筒瓜无异；又松花即彩蛋，可以炸食；又炸虮蜡状如南中之蚱蜢，北人颇嗜之，以为美味，而南人则不喜食者居多；藕丝山药即糖山药，京中煮法最佳，食之不胶牙齿；

广和居有全鱼菜，席中各味皆鱼而颇有不类鱼味者；某饭庄忘其名，有全羊菜，各肴皆以羊肉制成，烹淜特异；致美斋之烧鸭肥脆适口，味与南边之烧鸭迥殊，皆为京馔中之特品，因连类志之。至岁暮时，京中每有王瓜，乃预于地窨收藏，届时出土，备送官礼者之购求，每条价银须一二两，昂时或售三两，亦为都门特品也。

一六　《海上花列传》

云间韩子云明经，别篆“太仙”，博雅能文，自成一家言，不屑傍人门户。尝主《申报》笔政，自署曰“大一山人”，“太仙”二字之拆字格也。辛卯秋应试北闱，余识之于大蒋家胡同松江会馆，一见有若旧识。场后南旋，同乘招商局海定轮船，长途无俚，出其著而未竣之小说稿相示，颜曰《花国春秋》，回目已得二十有四，书则仅成其半。时余正撰《海上繁华梦》，初集已成二十一回，舟中乃易稿互读，喜此二书异途同归，相顾欣赏不置。惟韩谓《花国春秋》之名不甚惬意，拟改为《海上花》，而余则谓此书通体皆操吴语，恐阅者不甚了了，且吴语中有音无字之字甚多，下笔时殊费研考，不如改易通俗白话为佳。乃韩言曹雪芹撰《石头记》皆操京语，我书安见不可以操吴语？并指稿中有音无字之覅嫑诸字，谓虽出自臆造，然当日仓颉造字度亦以意为之，文人游戏三昧，更何妨自我作古，得以生面别开。余知其不可谏，斯勿复语。

逮至两书相继出版，韩书已易名曰《海上花列传》，而吴语则悉仍其旧，致客省人几难卒读，遂令绝好笔墨竟不获风行于时。而《繁华梦》则年必再版，所销已不知几十万册，于以慨韩君之欲以吴语著书独树一帜，当日实为大误。盖吴语限于一隅，非若京语之到处流行、人人畅晓，故不可与《石头记》并论也。

一七　奇菊

菊花种类之多，数以百计，而以金带一种为最贵。花瓣回环若带，花朵亦较常菊为大。民国初年，张逸槎世丈焕斗于西门外之斜桥左偏辟地数弓，建西园为消夏之所，址不甚广而覆茅作屋，编竹为篱，流水小桥，疏篁曲径，颇饶幽静之趣。是岁秋于园中作菊花会，大盆中有金带一本，吐花至九十七朵之多，大者如盎，小亦如杯，累累满缀枝头，开放正浓，俱作欣欣向荣之状，见者无不诧为奇品。夫以盆菊而花繁若是，虽由花之得天独厚，当亦艺菊家培植得宜，有以助其发育所致。古言种树似培佳子弟，观乎此而念世之椒聊蕃衍者，当竭其栽培之力，以期子弟之咸欣欣向荣也。

一八　异兰

邑续志载一干开一花者曰兰，一干开数花者曰蕙，然今人概名之曰兰，而以一干一花者曰草兰或曰春兰，一干数花者曰蕙兰，藉资区别。草兰易于种植，故品不甚贵，蕙兰则艺兰家如得有佳种，培护煞费苦心，且名种亦不甚易得，以是价值甚昂，有一本须数十金甚或数百金者。花瓣以梅瓣、水仙瓣、荷花瓣为上，花品则以一字肩、纱帽翅、刘海舌、蚌壳捧心者为优，花色则以绿者为佳，赤者次之，评花家谓之绿箭、赤箭，间有特种之素心兰及花心全红之朱砂素亦珍为异品。每岁夏历正月下旬，邑城有春兰会，设豫园之船舫厅，四月立夏前后有蕙兰会，在内园举行，届时由品花者评量花之优劣，定陈列时位置之高下，最优之新花登状元台，复盆老花不与焉，而状元台名花之中尤以首列之状元独邀荣誉。某岁，内园蕙兰会忽有异兰一本，花凡两箭各十余朵，而其瓣如纤柳之卷而未放，屈曲倒垂，每朵皆然，实为目所未睹，品花者不敢妄加月旦，与会中人评议久之，始经勉定为元，一时有野状元之目。盖以其花瓣、花品悉皆不出于正，乃获幸邀元选之故，不平者更以其花朵类小青虫，戏以“虫兰”之名锡之，亦犹科场之侥幸获第者求荣适以反辱，苟无真才必不能邀虚誉也。

一九　伪素心兰

是丹非素，成语也，言丹是为丹，素是为素，阅者当细加察视，勿看朱成碧，亦勿看碧成朱耳。乃自人心不古，诈伪百出，而明明是丹竟成为素，明明是素又竟成为丹，令人目光闪烁，无从确辨，如花中之伪素心兰者是已。素心兰若空谷幽人，脱尽火气，竟体别饶冷艳，故为兰中隽品。不意卖花佣故弄狡猾，竟有以寻常丹心之兰矫揉造作而成素心，法以硫磺于花下薰之，则丹心可立变为素，以善价售之于人，购者见其明为素心，无不欣然携之以去，植诸盆中，藉作文窗清供。讵至越日审视，则素心忽渐变为丹，若或虑其憔悴，晚间置空庭中使之饮露，则此花心翌日必全转为丹，规复其本来色相，盖所薰硫磺之力已为清露洗净所致。此事余幼时曾闻诸父老言，中年并曾亲购得此种伪兰一本，其言乃获睹实验，于以叹世人作伪之工，真能令人目迷五色也。

二〇　退醒庐伤心史

余自三十五岁后颜所居之室曰“退醒庐”，万事都付达观，盖以世界俶扰，浮生若梦，余于是时已绝意进取，故愿处处做退一步想，以期勿为物欲所蔽，随时得以猛醒也。第余自以退醒名庐之后，襟怀固自知日益镇定，即遇拂意之事亦能淡然处之，居恒以笔墨自娱，克筮《大易》遁世无闷之占。第当余四十岁之春，有一至伤心事，迄今余哀萦绕不能去之于怀，乃叹伦常间之悲感殊与寻常枨触不同也。

余荆姚氏生一子五女，子兆麒字麟书，是年已十六矣，文定东成项氏女，以年弱未娶；长女已适郁氏，次女苹儿年十八，四女展儿、六女闿儿尚幼，五女芸儿早殇。是岁沪上喉痧症盛行，春正十六日项氏遣女佣来告女患喉痧甚危，余荆因遣女仆往视之。讵此女仆归后即感疾，亦喉痧也。余荆以其传染可虑，欲遣之去。余以此女仆为松人，归时长途可悯，姑留住门楼间并为之延医诊治，不意一念之慈，大错即铸成于此。越二日而麟儿病作，越七日而苹儿亦病作，皆为喉痧，医药罔效，苹儿病甫两昼夜即逝，麒儿病十一日而亡。呜呼伤哉！苹儿年虽稚，已为余助理家政者三载，且学诗于余，检其遗稿有咏樵子之“夕阳挑破一肩红”，及咏雪之“庭前碧树垂银发，门外青山变白头”等句，颇觉琅然堪诵，又尝学画于余之从侄孙兰荪，未半年而竟能自行出稿，其聪慧为何如？麒儿则从学于丁羹尧明经，作四五百言之小论，每多未经人道语，习西文亦颖悟异常儿，而秉性之温良、持躬之谨敕犹其余事。一旦天俱攫之以去，矧相隔仅五日，能无令余悲莫能已耶?!

然余之伤心史是岁犹不止此也！麒儿惨亡之后，余为料理棺殓，事竣以大南门外家祠为停椟所，偕箧室苏氏哭送之，归而余寒热大作，喉间亦骤然肿痛，阖室大惊，苏氏因勉劝乘舆返北宅。翌日疾愈革，渐至昏不知人，苏氏为延曹侯甫医生至以麻黄药施治外，躬自料量汤药，衣不解带、目不交睫者数夕，更于黎明时焚香告天，誓以身代。五日后余浑身痧子透发，病始稍有转机，七日后而神识得清，见苏氏双目赤肿，体瘠神萎，默为悲感不已。是日余荆来北探病，亦深嘉苏氏之贤，温言慰藉而去。讵当晚苏氏亦病，急延曹医进剂，仍以麻黄发表，凡三进而身无点汗，易他医至云已不治，竟于二月十一夜弃余而去。悲哉，悲哉！屈计先后半月有余，既丧余女，复丧余子，更丧苏氏，以余毕生最亲爱之三人竟致同嗟怛化，造物不仁，一何至此！故余四十岁述怀诗有句云：

太息今春百事违，落灯风后泪并挥。

中郎有女抛书去，白傅无儿弃学归。

夺命乍扶残病起，惊魂又讶小星飞。

吾庐南北萧条甚，两处门庭转眼非。

皆纪实也。至苏氏为余侍疾及祷天代死事实，余适著《海上繁华梦》说部，为之详细采入，即书中之桂天香是，其题照诗云：

短缘草草四年宽，散尽天香绮梦残。

今日画中留倩影，痴心犹作在生看。

似尔知心有几人，凄凉对镜唤真真。

怜卿一半还怜自，恨海何从着此身。

亦为当时题照原句。至书中天香死后系以一绝曰：

一现昙花太可怜，伤心紫玉竟成烟。

夜深泣写分钗痛，泪湿灯前百叠笺。

则不知是墨是泪矣。按最初起疾之聘媳项氏先麒儿而死，因接其榇与麒儿合葬，以了其“谷则异室，死则同穴”之缘，因往探媳疾得病之松江女佣则不数日竟获幸痊，此殆其命不该绝，有大数存乎其间也。

二一　克蛇龟

克蛇龟亦龟类也，余尝目睹之，背纹及头尾四足与寻常之龟无异，惟其色略黄，且腹下有沟形低陷之槽二，小者宽四五分，深如之，大者宽七八分，深几盈寸，殆即为其克蛇之具，能以此槽夹住蛇体，且槽中或具有伸缩力，故蛇皆受制于彼。

相传是龟非仅克蛇，且善治喉痧毒症，患者仰卧床上以龟置诸口边，果系喉痧，龟首即自行探入喉间为之吮毒，良久乃出，而毒即净，病亦即愈；若所患者仅系喉疾并非喉痧，则即强以龟首纳诸口中，旋纳旋出，不为施治，历试不爽。龟既为人吮毒之后，须浸清水内一昼夜涤其腹中吮入之毒，再易清水蓄之，此龟庶得复活，否则其生命必不能保也。

当壬寅岁余家叠患喉痧之际，此治法尚未发明，否则麒儿等或不致死，言之可叹！又西医近岁治喉痧症打血清针，臧伯庸医学士尝以此法活人无算，且家中一人有病，余人皆可打预防针以杜传染，亦殊卓著奇验，奈何壬寅时虽有西医，未明此等疗治新法，竟使是岁丧于斯症之人多于恒河沙数，虽曰天灾可畏，亦由人谋不臧。因纪克蛇龟治喉痧而连类及之，深幸以后之患此者共有生机可望也。

二二　奇异讣闻

讣闻措词虽无定制，而以沪上之习见者而论，其式略同，不过民国以来有自矜渊博之家以“讣”字书作“赴”字者，缘讣、赴二字古文本可通用，不足为异。若为父母开吊或承重孙为祖父母开吊，删去起句中旧式之“不孝某某、罪孽深重、不自殒灭”等字而易以“侍奉无状”等句。及“遵制成服”，民国成立未定丧制，易为“遵礼成服”或“即日成服”，皆不足为奇。至于孤子、哀子等称，如父母死而继母在堂，应书“慈命称哀”，倘本身乃为庶出，未经扶升正室，应书“生慈命称哀”，此则千篇一律，惟“生慈命称哀”迩来鲜见，以人每讳言庶出耳。乃余于曩岁在友人黄君处见一讣闻，其出帖之子凡五，首列者为“孤嫡未及哀慈制子汝某、汝某泣血稽颡”，次列者为“孤哀前未及哀侍所生子汝某、汝某泣血稽颡”，其一则“出嗣子汝某泣血稽颡”。出嗣子即降服子，人皆知之，既已降服，其“泣血稽颡”，系“泣稽颡”之误，姑可勿论，至“孤嫡未及哀慈制子”与“孤哀前未及哀侍所生子”，似此极离奇之称谓，诚为生平目所未睹。询诸与丧家交往之友，亦殊不解所谓，遂致卒莫知其究竟。后经留心阅其谢帖，末行有“期服侄汝某抆泪司书”，惜余不识其人，无从向之致询，故迄今悬疑莫释也。

二三　题画诗

题画诗不难于巧合，而难于如王摩诘之“画中有诗，诗中有画”。余忆曾见一友人所携山水画扇，山下有溪有桥，溪旁皆梅花，露酒帘半幅，一人提壶作过桥状，笔法工致，设色亦苍古得宜，上题一绝云：“有客提壶过板桥，疏林风飏酒旗飘。沿溪指点梅花路，一角青山带雪描。”非是诗不称是画，非是画亦不称是诗，可谓得摩诘“诗中有画，画中有诗”之旨矣。惜当时未记绘者何人，今已不能详其姓氏，惟似为吴门人，其书画不甚知名于世。夫若人有如是笔墨乃犹不以名显，可知书画家之遭际殊有幸不幸之别。尝见某山水名家绘《红树青山好放船》图，红树竟画桃花；某仕女名家绘《桃叶渡江图》，竟画一女子立水中桃叶上，若达摩之履苇渡江，乃俱盛名鼎鼎，此其幸为何如耶？然而识者见之皆齿冷矣。

二四　艺林三绝

江都于啸仙大令，锐于目力，工镌象牙及水磨竹等各种器物，能以十六方之扇骨一面刻《滕王阁序》或《赤壁赋》等全篇，一面刻山水或人物花卉。以显微镜照之，字则笔画挺秀，钩勒精严，画则章法整齐，机趣活泼，真有鬼斧神工之妙。又梁溪张小楼君工指画，梅兰竹菊皆所擅长，即题款亦以指甲蘸墨书之，不藉毛锥三寸，所绘兰竹尤佳。又金陵夏小谷君廷桢工口笔，书时衔笔口中，以齿紧啮，运用自如，遒劲之处胜于腕力，五七言联字最佳，亦能画巨幅墨竹，风中雨里、雪后露余，各极其妙，惟不轻易下笔之。三君者各具此旷世绝艺，谓为艺林三绝，谁曰不宜？至三君所有手笔，于君虽润金甚昂，扇骨一幅须自十数元以迄数十元，他物称是，然求者甚众，故得见者不乏其人；张君无润单，且旅申未久即去，以是画件殊鲜；夏君自幼居沪，交游众多，口笔所书之联庋藏者度必不少，惟画竹则恐不可多得耳。

二五　大力道人

沪壖有道人焉，黄冠布服，日徜徉于邑庙豫园之各茶寮间，手携一青布囊，高呼售九仙草，其声清以柔，骤聆之若发自童子，绝不类六十余岁老人，而行路蹒跚，则又颇现其衰迈之态。性和易，每与人言九仙草能治劳伤，且可愈吐血，信其言者或购之，得资即欣然去，不购亦未尝出恶言，即茶博士或与之嬉，彼亦绝不露嗔怒色，一似犯而不校、涵养甚深也者。

一日，在某游戏场忽因事与游客争。游客固健者，且同伴多至十数人，咸以道人为可欺，攘臂纷逐之。道人始薄怒挥之以肱，一人仆丈余外，众大惊，群起向扑，道人略施抵御，当之者罔不披靡，旁观见而咋舌，知此十数人决非所敌，恐其失手酿祸，急向婉劝，道人始微笑敛手，从容款步而去，濒行时亦不发一言。十数人面面相觑，无敢再与之抗，一场酣斗即此冰消。

道人诚勇矣，何其与平日判若两人耶？或谓道人习内堂拳，其力绝大，双手能举三四百斛物，惟在沪十余年素未肇事，亦未一露声色，以是知者绝鲜。殆艺愈高者养愈深，非若粗知拳脚门径者动辄以盛气凌人欤！厥后此道人忽飘然不见，闻徒辈因其年老迎养入山，勿令蹀躞（躞）风尘矣。

二六 周病鸳

周病鸳字品珊，名忠鋆，皖人。性狂放不羁，尝为《同文沪报》“消闲录”主任，所有著述皆署“病鸳词人”，故人咸以“病鸳”名之，而品珊之字反隐。幼年尝肄业钱肆，以不惯持筹握算，弃之从高昌寒食生何桂笙先生游，习词章及新闻记述，学乃猛进。弱冠后癖嗜阿芙蓉，几致潦倒，某岁除夕，愤然立志戒烟，以预筹度岁时购土之资购皮袍一袭有余，悉以购酒，痛饮终宵，元旦日竟酣卧未起，至晚酒力已醒，复饮之，如是狂醉三日而烟魔竟退避三舍，自此终生勿复吸食。其坚毅之力诚为可尚，苟戒烟者而人人若是，斯世断不致有沉沦黑籍之人，烟祸度早廓清矣。清光绪季年，余于主政《新闻报》之暇，戏创《笑林报》，延之襄理笔墨，颇多突梯滑稽之作，令人见而绝倒。时某巨公至沪网罗英俊，保试经济特科，一夕设宴征及余与周，索署履历，时周已薄醉，狂笑对曰："我二人有何经济足资保举？所具者仅嫖经酒济耳，岂亦足以列荐剡耶？明公休矣，请勿复言，言则我二人将拂衣去也。"某巨公乃废然而止。语虽近于玩世不恭，然能毅然谢绝仕进，颇为深得我心，且未尝谋之于余，其语即脱口而出，尤见知心有素，生平实鲜其人。惜中年后沉湎于酒，渐致终日昏昏，非酒杯在手不欢，下笔亦不能成只字，坐是竟得酒隔疾而殁，年只四十有二，良足悲也。

二七　高太痴

太痴生高悮轩，名莹，吴人，嗣寄籍上海，更名翀，字侣琴。应试入邑庠，与周病鸳同请业于高昌寒食生何桂笙先生之门，习新闻学，尝主《同文沪报》等笔政，年少风流，下笔时多绮语缠绵之作，工诗词，亦艳体为多，间杂哀怨，稿尾署名必"太痴生"或只"太痴"二字，人乃皆以"太痴"呼之，浑忘其为外篆也。至于侣琴之字，缘弱冠时酷嗜观剧，赏识秦伶小金翠、京伶余玉琴，昕夕必往征歌，时犹孑身旅沪，未有室家，故发生奇想，有金翠、玉琴若化而为女，此生当以金翠为妻、玉琴为妾之语，时时形诸歌咏，而于玉琴尤形挚爱，因字侣琴，其风怀之旖旎若是。中年后应经济特科之征，于利禄不无萦情，然行止仍洒脱如故，惜暮年为阿芙蓉所累，家境窘迫，且身弱多病，遂致侘傺以终。在沪尝创希社诗社，交游多知名之士。有女一，弱龄聪慧逾恒，七八岁时即能作家书，字句颇为顺适，书簪花小字亦娟秀有致，人皆谓其中郎有女云。

二八　诗人祠

杭州西溪之秋雪庵有诗人祠，祀两浙诗人以及游宦、流寓、闺阁、方外等各诗魂，香火千秋，足为骚坛佳话。庵外皆荡田，芦苇丛生，春夏间一碧无际，至秋则芦花飞雪，甚于柳絮因风，寺之名秋雪者以此。祀诗人于斯，得气之秋，其地尤为恰合。余游杭数十度，亦尝买舟至是庵，爱其地僻境幽，流连不忍去，以不知有诗人祠，致未一访，殊为憾事。鸣社同人胡寄凡、朱秋镜诸君子甲子岁同谒是祠，归而述之于余，因笔录之。

夫诗人秉两间之灵气，泄百秘之清才，比事属词，呕尽心血，伤今吊古，感及兴亡，嗣三百篇之风怀，成千万言之寄托，以钦仰论人同此心，以崇祀言谁云逾分，故我鸣社中诸先子同人亦有每岁于重九日假座半淞园设祀之议，武进邓子春澍并愿为之绘图，余颇深嘉是举。盖纵不敢与秋雪庵诗人祠中诸前贤媲美，然心香一瓣共吊吟魂，使已往之诗人永不澌灭，即将来之诗教或免沦胥，实为我鸣社中应有事也。

二九　看潮

夏历八月十八日，相传为潮神诞，浙之杭州钱唐江畔士女向有看潮之举，白香山故有“相约明朝看潮去，万人空巷斗新妆”之诗，可以想见当时之盛。余至钱唐看潮凡三度，其两度皆暗潮，不甚汹涌，无可记述，惟一度为怒潮。当初至时，江声若沸，浪花一白如银，高可丈许，仿佛排山倒海，疾驶而下，令人见之心惊目骇，几于不敢逼视。斯时各舟皆已避泊滩边，唯救生船迎潮开发，藉防或有舟楫失事，殊为勇敢之至。后闻蔡绥章明经言，钱唐之潮终岁皆有，潮头并不限于秋日，惟平时势甚散漫，至八月十八日而汇集一处，遂成坡仙诗所谓“海上涛头一线来”之奇观。然钱唐已为二潮，其势较缓，欲观头潮，须赴海宁，且尤以月中之夜潮更有奇致。明经杭人，所言当属不诬，爰默识之。甲子八月，鸣社聚餐，适为陈吉堂孝廉值社，孝廉籍海宁，乃相约看潮，各社友兴均不浅，讵意是岁江浙战起，途中为军队所阻，胜游竟不获果，改订于乙丑八月，届时芦花风里往观者当不乏人，余于云水光中洗眼之后，他日当复有所载也。

三〇　琵琶湖

日本虽蕞尔一岛国，而山水明媚，花木清幽，颇多足供游览之处。辛亥夏闰六月，余与任子调梅、沈子李舟、汪子仲贤、范子亚侃作东渡游，历经长崎、马关、门司、神户、东京、西京各地，当时曾有《东游日记》略志梗概，惜以行程匆促，类皆语焉不详，惟琵琶湖一则堪供采入笔记，因选录之。

西京琵琶湖为日本名胜，往游者如由陆道可乘火车，由水道则乘小舟。余等于七月初一日乘小舟往，过山洞凡三，第一洞深百丈，第二洞数十丈，第三洞为蓬坂，山深不可测，舟行黑暗如入地底，幸有电灯，否则不可视物，以是土人名之曰地底船。盖此河在万山之下，由人工凿山道而成，故狭不盈丈，往来只二舴艋可行，然不能撑篙打桨，由船夫手拽洞边所悬之铁索藉水力激荡而过之，须历五十分钟始达。沿河另有山洞七八处，或堆置红砖，或积储煤斤，似必有人在内工作，洞口且时见有运船停泊，殆山有矿苗，适当开挖欤？第二山洞起有小板桥十架，曰十号桥，过此为第三山洞，出洞即琵琶湖。第见烟波浩渺之中有小轮船及渔船甚多，烟景大堪入画，而四顾则一抹山光弯环天际，尤令人起昂头天外之思。湖畔居民数千户，妓寮百数十家，至晚电灯通明，若繁星之点点，足见市廛之盛。临湖有红叶馆，房屋幽深，花木妍丽，且十步一亭、廿步一阁，风廊曲折，水榭回环，盖彼方所谓料理店而兼御下宿者。余等乃入内晚餐，藉以领略湖光山色，至十时后始乘火车同回逆旅，车由蓬坂穿山而过，山洞之深与镇江宝盖山仿佛也。

三一 蜡人院

西人以蜡制成男女老幼人体，毛发毕现，脏腑齐全，不特供人瞻览，且可为研习医理之用，故较石膏所制偶像尤形精美。第一次到沪时设院于英租界福州路，有蜡人形体数十具，中以玻璃橱内之，西国某名将因战枪伤肺叶，体中藏有机括，开时口眼皆动，且发声做呼吸状，喉间约略可闻，几与受创后垂危者无异，而伤处枪子宛然，血痕狼藉，尤为惨目。又有一美女明媚绝伦，玉体横陈，供人解剖，经院中人去其如花之面，惟见血筋与肉，令人心坎为之一惊，旋再去此一层，则赫然即为髑髅，大足使恋色者顿时猛省。维时解衣揭视体之内部，则凡心肝脾肺肠胃诸属，无一不部位井然，其形酷肖，深叹技师制作之工。惟惜另有剖视胎形之种种女体与染患梅毒之种种男体，及天阉、阴阳人等种种怪异之体，虽于另室陈列，且俱只制半截，究觉有碍观瞻，捕房因严加阻止，盖为风化起见，其禁约不得谓苛也。逮后第二、三次又有此类蜡人陆续抵沪，陈设张园等处，然俱不如初次之佳，观者亦以数见不鲜，类皆不复注意矣。

三二 透骨奇光

西人研习科学不惜殚精竭虑，以期克底于成，绝无浅尝中辍之弊，以是时有新学发明利为世用。当有清末造时，有光学家制成一镜，携之至沪，陈列福州路某洋房使人参观，云能置暗室中隔衣照见人身骨节脏腑，并不论铁制、木制之箱匣，内所藏各物了如指掌，纤悉无遗。余闻而异之，因与四明张笏卿君同往觇视，则见黑室中有晶莹之小镜一庋藏匣内，就而烛之，余之掌心顿即透明，筋骨毕露，且见血液涌动如水波之起伏不定。张君出身畔小洋箧照视，内有大小银元历历可数，相与骇诧不置。虽隔衣可见脏腑一说以镜小光微未见十分洞澈，然似此奇镜实为生平目所未睹，归后因于《新闻报》揄扬之。缘此光当时未有定名，乃以“透骨奇光”四字名之,今医学家所用之爱克司光实即发源于此，惟光力已大于当时数倍，故得无微不显，人身受病何处即可于何处施治，竟成医家惟一利器，诚千古未有之创制也。

三三　素痴老人

郁屏翰亲家初名怀智，后师郭汾阳之以字行，即以屏翰名，素痴其别篆也。幼读时家非素封，而中西文并习，黾勉异常儿，丁年后辍学业商，习用者为泰西语言文字，而华文仍不稍废弃，且致力于诗、古文辞、书画、金石之学，蔚然竟成一代通材。性复孜孜好善，当其家境渐裕之后，凡地方公益及赈恤水旱偏灾、戚友急需贷借诸事，不惜倾囊乐助。尤慨然以兴学为己任，创办旦华学堂，并独资设普一、普二等贫民小学，至普七止，共凡七处，专课贫寒子弟，不收学费，即书籍纸笔亦由学中供给，而遇别处学校筹款仍勉助之。岁除时则亲袖米票小洋散给目击贫黎，仆仆途中不以为悴，然自奉甚俭，敝衣蔬食，居恒淡泊自甘，出则道远者仅乘薄笨车，近则每喜安步。其于家庭则睦族敬亲，更笃于友于之谊。晚年在法华购地创建宗祠，并遍栽花木，辟余地作昧园，季春后尝率家人育蚕于其间，藉资憩息，实则仍系习勤，至老若是。寿七十三而终，亲戚乡党有痛哭失声者，家人无论已。其生平著作有《素痴老人诗钞》行世，书画则得者皆珍逾拱璧，刻石虽不多见，然余处有手镌之“漱石”二字石章一方，苍古殊甚。子一，字葆青，即余长婿，幸有父风，经营商业之余亦酷嗜诗，书画差能免俗。孙元英，亦耽吟咏，且克承祖志，普一等七小学校颇能勉力维持，故人咸谓善人有后，余亦为之欣慰也。

三四　青城居士

青城居士邓春澍，名澍，武进人。父伯勋，以文章品节著。居士幼秉庭训，于诗、古文辞罔勿探讨，弱冠后究心书画、金石。书法王、黄、董、赵，画则山水、人物、花鸟，靡一不工，金石刻画古致盎然。性好游，江南山水足迹殆遍，更尝只身襆被，由浙而宁，而赣之庐山，鲁之曲阜、泰安、济南，蹑足岱岳之巅，放眼黄河之畔，历月余而返，其豪情胜概如是。余识之于鸣社诗坛间，以年来俗冗猬集、不获把臂偕游为憾。所居室曰四韵草堂，海内骚人名士之往访者恒以诗歌投赠，有《四韵堂题襟集》四册待梓，其已经镌版行世者有《四韵堂绘余草》五卷、《画絮》二卷、《随笔》三卷、《印存》一卷，人争宝之。至纪游之作，余每自其游记中得见一斑，而忆游杭时有以一至十之数目字题七律一章曰："不到泉唐已五年，梦魂时绕六桥边。四围山翠迷晴霭，九里云松入暮烟。双屐滞游三竺路，一筇直指两峰颠。西湖十景行看遍，七日流连八月天。"运笔殊见巧思。又尝读其题画诗一律，曰："游罢名山便写山，云山写尽复游山。眼前丘壑图中景，腕底烟云纸上山。笔妙也参元代法，画成依旧邓家山。年来自有山林志，不是看山即画山。"通韵全叶山字，是与余少年时戏集唐人句作忏情诗曰："道是无情却有情，多情却是总无情。世间只有情难说，莫向无情说有情。"及近题朱少云君画丐丐画图五古，通体全叶丐字，自谓实为创格，不图适与之合，乃知文人好弄，不妨自我作古，邓君与余正同此心也。

三五　臧伯庸

臧伯庸医学士名霆，浙人，乃尊久宦川陕等省，历任商南、盩厔各县，卓有政声。学士于丁年东渡重洋习医，毕业回华设伯庸医院于沪北，为人治疾心细艺精，辄奏奇效。余次婿洪子才供职电报局，庚申年因赴赣省勘植电杆，感受暑湿，返沪后患伤寒症，昏厥至再，已垂绝矣。学士先施救命针延其命脉，次以药水令服，不旬日竟霍然而愈，因悬绝处逢生，额以谢之，此一事也。而余次女闾儿当余婿病革时，几以为必不能起，背人服红磷寸及紫霞膏，愿为夫先驱狐狸于地下，幸经家人觉察亦请学士救愈，此又一事也。余长女蕊儿适郁氏，患血崩症十余年，一夕又猝发，昏不知人，急延学士往诊，施以止血针始获清醒，后令赴医院以电光疗治，凡月余而病竟断根，今且康健逾少时，是蕊儿之命亦为学士所重生也。又壬戌五月间，大世界报社售报女童花妹年甫十一二龄，因游客在商场内口角互殴，毁及一玻璃大橱，花妹适立橱旁，碎玻璃直贯颈间，创处大于银元，血溢如注，顿即晕去，急送院中乞治，经学士施以手术，尽取玻璃碎片使出，幸未伤及喉管、气管，乃庆更生。凡此皆为余所心折其艺者，他如戚友之得学士治愈各症，频年以来不可以偻指计，古言不为良相当为良医，若学士者，洵足以副良医之名矣！因泚笔特志之。

三六　双连人

人秉父母精血而成形，四肢五官略无或异，故晋重耳之骈胁、周姬旦之反握已皆惊以为奇，然从未有一胎两人各殊其体，而胁下之皮肉相连，竟使两身合而为一不能互离者，有之，则上海大世界俱乐部昔年所见之双连人是。

双连人为孪生弟兄固不待言，故其身材面貌俱在伯仲间，手足之长短亦略同，第以胁下既连，于是行坐起立无一不须合作，即眠食亦然，惟言语则各自发音，截然竟为二人。其时此双连人已年在三十以外，相传其各已娶妻，一床姜家大被当覆两对鸳鸯，诚为天地间无双奇事。至或言此二人肠胃亦系互连，以是一人饮酒二人必致同醉，此说因未试验，人咸不敢确信。盖肠胃若果互连，则食时只须一人进餐已得二人同饱，何以必须彼此共食？且闻便溺亦各有其时，并不一致也。若夫人所最不能测者，将来此二人之寿算是否能同日考终？若如交柯树之先折一枝，树身不妨半枯半荣，人身断难若是，且此先折之枝将何法以善其后，俾令地下长眠？天下事之不可思议者，谅当无过于此，是则造物生此旷古特异之人，造物亦未免过弄狡狯。庄子谓“天地不仁，以万物为刍狗”，余则谓天地不仁，合二人为同命鸟矣。

三七　三脚羊

邑庙豫园内昔有放生羊十数头，山羊、胡羊俱有，黑白不一，皆由善信资购寄豢于庙祝处者。庙祝令人日司牧养，每散放至郊外食草，薄暮始归，儿童见之恒喜与之狎玩。惟中有三脚羊一头，柔毛纯白，前两足与寻常之羊无异，后一足生于股之适中，行时彳亍于途，不无较群羊略滞然。相传此为神羊，罔敢或侮，谓侮之恐遭神谴，余于总角时曾屡见之。至清光绪初年，邑人金梅溪君在大南门外创设放牛局，收养放生耕牛，旁及犬羊鸡鸭之属，邑庙之放生羊遂亦寄养局内，始不复睹。时余知识已开，窃思此三脚羊为神羊之说实系无稽谰语，殆当时牧羊者虑诸童骑弄，羊既三足，力必不胜，因过神其说以惑之，诸童不察，乃致为其所愚，殊为可哂。惟念神道设教足以儆戒顽民，观于此而乃信，至于羊之三足不过赋形偶异，天下类此之物当必不鲜，何有于神？惜当时无可引证，以是未遑明辨，会于大世界陈列各种珍禽异兽时，获睹一黄白色毛之三脚猫，正与三脚羊赋形相等，一羊、一猫，可谓无独有耦，乃得藉以取譬。爰特志之，以征三脚猫之并非神猫，三脚羊亦断非神羊也。

三八　钟馗画

唐玄宗诏吴道子画钟馗像，见《天中记》引《唐逸史》，谓玄宗病疟，昼梦一破帽蓝袍、角带皂靴之雄鬼拘小鬼而食之，自称终南山进士钟馗，尝应举不第，触阶而死，逮梦觉而疾瘳，因令道子画像以镇邪魅。自是翰林例于岁暮进钟馗像，并以赐大臣，民间则贴于门首。宋元明沿之，今改悬于端午，则莫考其始自何时。惟钟馗像之画稿至为繁赜，有执剑者，有悬剑而执笏者，有仗剑作逐鬼势者，有一手持破扇障其半面、一手握剑作觅鬼状者，有画五鬼于旁与钟馗戏若五鬼之闹判者，更有钟馗徙宅图则画各鬼为之担囊负物，钟馗嫁妹图则群鬼为之运送妆奁，种种奇形，不一而足。窃谓人物画中花样之多当莫钟馗若，而前岁余复见一稿，则榴花如火，钟馗峨冠博带，负手立树下作看花状。初不解其命意所在，继思俗传花神之中五月司花者为钟馗，则绘此者虽生面别开，实觉奇而不乖于正。惟余家藏有陈小痴所画钟馗秉笏佩剑作进士装，须眉如戟，生气懔然，洵不愧为名家手笔，而旁绘一鬼倚钟而立，口吹洞箫，章法固新，特不知箫与钟馗有无关合，腹俭如余，殊愧无从引证耳。

三九　铁屑军窑瓶

余家有铁屑军窑瓶一，乃先王父鳖峰公得之骨董肆者，瓶高仅五寸有奇，黝黑如漆，鉴之作宝光，养折枝花于其中，凡含蕊者必能开放，已开者不遂凋谢，较诸寻常瓶中之花必耐久一二日，历试不爽，以是殊宝之。尝戏折黄杨一小枝插入瓶中以觇其能，历如干日不萎，则见青青之叶逾月如常，越三月而枝底竟萌新蘖五，阅月而根长盈寸，几于满布瓶底，乃移栽书室外之花砌中，惜是冬大雪，根株过于柔嫩，不克耐寒而陨。夫同一瓶也，何以养花其中荣枯各判，设非此瓶历年甚古，安得若是？于以思《尚书》“器非求旧”之说，乃为偏执之言。

先王父生平酷好古玩，磁铜玉石诸物昔时累箧盈箱，惜红乱时避难高桥，悉毁于火，仅一宣德炉置诸案头，内炽炭吉，以备暇时将布巾抚拭，使之发出宝光。火起时乃在寒夜，先王父仓卒中以此炉藏于怀内拔关而出，忘其炭吉之余火未息，致不移时而浓烟缕缕出自衣中。家人见而大骇，急为解衣，此炉始琤然坠地，而当胸之衣内外均已燃及，几受灼肤之痛，亦云险矣。厥后此炉仍于乱中失去，瓶则系乱后所得者，故至今获存，殊足珍也。

四〇　李艾伯

鸳湖李艾伯，世家子也，中年时挟资游沪，倜傥不羁，豪兴所至，挥手千金勿吝，而尤以长于习骑自诩，故好春郊试马，或乘亨生美马车，自控丝缰疾驶于静安寺及浦滨一带，大有六辔在手，一尘不惊，纵王良、造父复生莫与抗衡之概。一日，与西友在跑马场赛跑亨生美车，法以青竹圈二千余枚置于车道之两旁，离车轮各仅四尺五寸，有被车轮将此圈带倒者，于跑毕后检点其数之多寡以分胜负。西友扬鞭首驶，计倒竹圈五十余枚，李见而狂喜，以为罄控纵送之技本来惟己独长，今日定可操必胜矣。讵料风驰电掣之余，一路第觉繁声聒地，飞尘蔽天，行未及半，手颤心慌，竟有不能驾驭之势，逮勉力驰尽马道，回顾所经之处，竹圈遍地，俯拾即是，细数之竟倒八百有余之多，不禁嗒焉若丧，大呼负负不置，自此骄矜之气为之不抑自抑，不再以我善为御作目空余子之言。世人不遇强敌每不易躁释矜平，不履危险之境每不能自知其艰，观乎此而世之夜郎自大者其可以知所儆矣。

四一 陈子敬

自汉昭君琵琶出塞，唐杜工部有“一曲琵琶两行泪，分明怨恨曲中论”之诗，琵琶乃盛行于后世，至于以手法论则推手为琵却手琶，前人诗中亦详言之。若夫琵琶之有大套，唐白香山作《琵琶行》，中有“初为《霓裳》后《六幺》”及“大弦嘈嘈如急雨，小弦切切如私语”等句，可知唐时早已有之，降至后世谱调散佚，弹者渐稀，研求音律之人每觉引以为憾，然前清同光间以琵琶知名于时者尚有其人，如陈子敬、周蓉岗是。周能弹武套而不精文套，则自当以陈为出一头地，尝在愚园开琵琶会，奏《平沙落雁》《夕阳箫鼓》《疏雨滴梧桐》等曲，聆者罔不击节，叹为得未曾有。陈为浦左人，挟术遨游各处，名动士大夫，非独沪上一隅惊为绝艺，乃知人有一技之长即可传世，斯言良属不诬。逮陈物化之后，继响乏人，只有三十年前名妓常熟人徐琴仙、邑之闵行人盛月娥能略弹小套，然与陈较之殊有大巫、小巫之别。今则精此者更鲜，惟吴人张步蟾能弹大套《龙船》等曲，兀然如鲁殿灵光矣。

四二 汪笑侬

伶隐汪笑侬名僢，隶旗籍，云为前常镇关道某观察之侄。某年曾举孝廉，纳粟入仕途供厘金等差有年，慨清政不纲，愤然弃轩冕以习须生戏自娱，坐是去职，遂隐于伶，每日优孟登场以陶写其胸中郁勃之气。光绪间，周桐荪凤林开丹桂茶园于大新街，初次到沪，余与之觌面，以其吐属名隽，不类梨园子弟，因微叩其身世，始详举以告余，并出其所作之诗文稿相示。诗以律绝为多，文则散篇者为多，虽瑜瑕互见，然正可必其确为己出，余因是深器之。惜在沪奏艺半载，以嗓音过低不获见赏于时，未能得志而去。第二次复至在宝善街之天仪茶园，适余友病鸳词人周品珊开菊榜于《同文沪报》，点汪为文榜状元，于是声誉顿噪。汪感深知己，尝戏作谢恩表一道登入报中，骈四俪六，颇为读者激赏。会编演《党人碑》新剧，观者益称道其人之才艺兼优，自是频往来京沪间，叠编《桃花扇》《哭祖庙》《孝妇羹》《马前泼水》《缕金箱》诸剧，皆声调悲凉戛戛独造之作，于戏剧界独树一帜。惜中年后嗜烟酒过甚，日须吸阿芙蓉两许、汾酒一斤余，以致肺部受损，感疾而殁，然其艺则卓然已传。噫！汪为满人，以满清失政之故不做宰官，甘为伶隐以终其身，其志可悲，其人良可悯已。

四三　偏头风

余顽躯无病，故平日不服药饵，至老仍健，惟中年时患偏头风，发时头之右半部作痛甚剧，且必牵及齿部，须三四日方能平服，深以为苦。乞医疗治不获奏效，惟服泰西安宁公司头痛药饼可以稍止，然牙医毛志祥君则每言此非头风，实因蛀牙作痛牵及头部筋络所致，他日蛀牙脱落，当可无患。余当时疑信参半，惟漫应之而已，乃年事至五旬以后，诸齿先后脱落，头痛果亦减于往昔，始觉毛君之言渐验。惟残齿之龃如锯，尚留牙床未去，既不能供咀嚼之用，且有时仍或作痛，因请毛君一一以手术拔之而满口悉易假齿，自此牙患永除，头痛竟不复发，益信毛君造诣之精。今已年逾花甲，食物得假齿之力不异少时，洵受毛君之赐，而偏头疼之断根亦由于此，殊非始料所及。志之以告世之有因牙患而兼及头部者，俾人人得知治本之法，勿误会因头疼而牵及牙疼。至于头疼之急则治标，闻之鸿城曹叔衡言，以活鲫鱼生取其脑，傅油纸上作膏贴太阳穴，左痛贴左、右痛贴右，必能立止，曾愈多人，乃偏方中之卓著奇效者，病者大可一试之也。

四四　秋雪

清光绪丙申秋九月晦日，晨间天气郁热，居民咸穿夹衣犹汗涔涔，下午后忽彤云密布，北风怒号，大类严冬，既而白雨跳珠，杂之以雪，入晚雨止而天公玉戏正酣，屋顶树巅渐似银铺玉缀。余故庐在南市郎家桥南，因是岁娶凤姬，另赁庑于老闸归仁里，归途须过盆汤弄桥，是夕余乘车返，御者三次超登俱为风力所阻，几致颠踬，不得已舍车而徒，风雪交加，艰于举趾，乃手扶桥栏彳亍而上，等诸孩提之学步，至桥心寒威砭骨，抖战不克自持，逮勉强下桥冒雪归而四肢若僵，浑身皆已麻木。风姬急温高粱以进，奈余素不善饮，易红糖姜茶始略进少许而卧，是为生平畏寒所未有，亦天时失正所仅见也。

四五　鸡翼生爪

民国三年，谣传江西景德镇某姓有一家食鸡毙命事，察其所食之鸡，翼下有爪与常鸡异，目为不祥，乃细视各家所豢之鸡，其翼下亦莫不有爪，数则一二三四不等，一时万口喧传，惊为妖孽示警，渐至沪城养鸡之家亦以鸡翼不应有爪，宰杀殆尽，且惴惴焉一若有奇变之将至。抑知鸡翼生爪，清顺治三年、道光元年已尝有之事，载《上海县志》，并无灾祥关系。天下本无事，庸人自扰之，其斯之谓欤？

四六　石镜山

鸣社诗友李左民，别篆蠡隐，皖之绩溪人。耽吟咏，有山水癖，与余嗜好适同。鸣社月有聚餐，值社者如在外埠，每与余偕赴，故尝同游秣陵、京江、竹西及明圣湖诸胜，风雨联吟，烟霞共赏，兴殊不浅。忆其途次述邑中石镜山事，颇足以资记载，因笔录之。

蠡隐言，石镜山峭壁插云，虽高可千仞，而其平如砥，昔时且光可鉴人，因以镜名。明代时有言是山得天地之灵，人于镜光透明处照之可以见前生形影，于是好奇者颇不乏人，纷往照视，则或见或不之见，盖犹杭州灵隐之一线天、宁波普陀之梵音洞，一言可以上窥三世，一言可以下烛九幽，其实空无一物，或象由心造，或久视而目眩生花所致，乌足以资取信？乃某岁有墨吏来宰是邑，闻此山之异，亲自薰沐而往，欲一瞻前身何若。凝神谛视之余，猛见有一兽现于眼前，则狰狞恶犬也，宰不禁大惭。又见此犬猛扑而前，忽与己身合而为一，化作峨冠博带之人，赫然即己。虑从役亦罔不目睹，惭益甚而继之以恚，乃以山魈作祟惑众为名，令聚薪山下而焚之，历一昼夜之久，石壁深黑如墨，不复得鉴一物始止。自是此山失其本来面目，虽石镜之名犹存，今已不啻铁镜云。噫！何物恶宰，做此杀风景事，使大好名山遭此劫火，山灵有知，千载下定犹饮恨也。

四七　天香阁韵事

清光绪季年，张味莼园安垲地洋房设作茗寮，每至斜日将西，游人麇至，俱以此为消遣地，而青楼中之姊妹花亦呼姨挈妹而来。其日必一至者，当时为名妓陆兰芬、林黛玉、金小宝、张书玉四人。南亭亭长李伯元之《游戏报》上因戏赐以“四金刚”之名。曰四金刚者，缘四人既至之后，每于进门之圆桌上瀹茗，各人分占一席，若佛氏之有四金刚守镇山门，观瞻特壮也。逮后陆兰芬以瘵疾卒，张书玉不知所终，林黛玉屡嫁屡出不齿于人，惟金小宝矢志从良，其人颇足为花丛模楷，故至今恒为人所称道。抑知小宝之足称者，当日犹有天香阁写兰捐办花冢事，尤为寻常妓女所不可及。盖小宝能画兰，九畹幽姿，芳生笔底，得者皆珍逾拱璧，题款字亦颇极娟秀，惟以觞政乏暇，素不轻易下笔。某岁因个中人议办花冢，购地于静安寺路，为衏院诸残花埋香之所，经领袖者会议集资，小宝慨然以画兰百箑自任，润资不限，由客自给，悉充冢费之需，一时获资甚巨。所绘箑下款皆书“天香阁主”，其时小宝居惠秀里，颜妆阁曰天香，故以是署名也。说者谓即此一念慈祥，已足觇其后来福泽，劝善家言种善因者必得善果，岂虚语耶？

四八 公鸡蛋

吴淞乡间某民人，半读半耕，颇堪自给，家中养鸡数十翼，为烹鲜计非为牟利计，故并不若研求养鸡学者之食必以时、栖必以地，俾使之孳生不息，以期月有所获也。乃某岁有公鸡一头忽产一蛋，于是雌伏埘中不离寸步，一变其平日雄飞之态。主人异而察之，则见其抱卵而栖，状若自得，犹以为卵必母鸡所遗，足供今夕庖中一馔，乃俯取之，讵意此蛋大倍于常，其壳深紫亦与寻常之蛋略异，始知其出自公鸡。一时里巷喧传，往观者其门若市，罔不以为奇事。后经主人厌其烦扰，陈列于大世界俱乐部任人观览。余因幸得目击，颇慨天下理之所必无者竟为事之所必有，无怪人咸啧嘖不置。嗣悉余之甥婿钱佑之家曩年亦曾获一公鸡蛋，珍而藏之，初时其重量逾于常蛋，日久乃轻，一若其蛋清皆已化去，空如无物者，然而外壳则仍完好如故。或谓此鸡蛋清可制眼药，效与空青相等，较熊胆尤过之，惜乎其未经一试，莫验斯言之确否也。

四九　两头蛇

楚相孙叔敖曾埋两头蛇，为斯世泯除毒害，典籍斑斑（班班）可考，当非无稽之言。然千载下，此种毒蛇人皆未尝一见，以蛇之窟宅每在深山大泽、长林丰草之间，人故不得而睹也。民国八年己未首夏，沪北大世界俱乐部罗致各类奇异羽毛鳞角之物，陈列广场以新游人眼界，有皖人某以两头蛇求售，余与大世界主任黄磋玖君闻而异之，询以此蛇何在，其人袖出尺许之玻璃瓶二相示，谓蛇即在是，则见瓶中果各有小蛇一条，长各五寸许，细如笔管，浑身作深褐色，每蛇俱赫然两头，目闪闪发细绿光。此人微撼其瓶，二蛇蠕蠕而动，若欲外出者，然以瓶口有塞而止，蛇乃微昂其瓶底之头悠然向下，厥状甚为活泼。诘其捕自何方，意欲货资若干？则言梅雨后得之皖北某山之涧滨，当时不止二条，有长至三尺许者，畏其毒避之惟恐不速，此二蛇最小，因戏折山中树枝挑取之，藏竹管内渍之以水，携之至沪。是虽毒物，实为罕见，故非百金不可售也。黄君以蛇身等于蚯蚓，列诸桌上非逼视不能见，且不知当饲以何物乃能不死，更虑其豢养稍大，毒可伤人，因笑拒之。其人怏怏携瓶而去，谓当售诸西人，俾入博物院中。必得善价，后不知其究竟。毒蛇竟有两头，窃不解天何以生此恶物也。

五〇　钱香如

钱香如，浙湖归安人，其先世业商，设震泰竹行于沪南，遂家焉。父荷青为名诸生。香如生于沪，资秉颖异，读书能解人所不及解，丁年习泰西语言文字，弱冠后就西商聘任书记兼会计事，因应绰有余裕，而国学仍不愿废弃。会锦章书局创办《繁华杂志》，延余主持稿务，钱为襄理一切，得其臂助殊多，时欲就学于余，执贽为诗弟子。第童年诵习之时蒙师不善督饬，于字音之平仄声泰半谬误，为之一一矫正，虽幸心领神会，然苦吟时煞费研考，卒之竟获造就者，得力于强识居多，而所作文则气机流利，颇多可诵之句，小品及滑稽体尤擅胜场，每令人见而捧腹。又喜研习近世所谓游戏科学，以是竟得魔术家不传之秘，于种种机智变化之巧，罔不深析毫芒，有时逢赈灾筹款等诸善举，登场偶试其技，泰东西魔术家咸为心折，然固无师自精，未尝稍有人指示也。不意聪明天忌，年犹未及三十竟致忽撄伤寒疾夭逝。一时凡与之有旧者闻耗莫不哀悼。著有《香如丛刊》一卷、《游戏科学》四卷、《魔术讲义》四卷行世，迄今展阅其书，殊令人为之欷歔不置也。

五一　王毓生

王钟号毓生，字守拙，浙之吴兴人。少孤而家贫，十余龄即弃学就商，事母至孝，得资辄以奉母，不敢有所私，而操业余闲诵读仍不辍，经子外更泛骛古今说苑诸书，故所造殊为渊博。有清末造，姚涤源孝廉等创萍社于海上，文明雅集，昕夕以文虎为消遣，君年甫逾冠而竟为社中健将之一，射与制皆别具灵心，谜面有时间作小诗，平仄亦颇顺适，盖得力于《唐诗三百首》烂熟胸中，且下笔时不惜逐字翻检也。又谙蟹行文，中年执业于《密勒》西报，时萍社移设大世界，君乃于处理诸务之暇，每夕与诸同志讨论文字，虽风雨无间，学乃因是益进，同志缘佥以博雅许之。第王秉性崇俭，平日往来仆仆，恒喜安步当车，积劳最易成疾，致胯间忽有结核作痛，不良于行。延自称卒业某院之中国西医诊之，以为所患乃横痃也，竟以六零六药针疗治，并令服攻毒之药，于是一病竟致不起，年仅与好学之颜子等。呜呼！庸医之误人烈矣哉！余记是则，余为王君悲，余愿以后斯世患病之人延医当慎益加慎焉。

五二　咯血异方

咯血为怯症之根，患此者不易救治，虽西法打补血针，初起者尚获有效，设为日已久亦难保其霍然。余四十余岁亦尝咯血一次，有人传草头方，以鲜藕捣汁饮之而止，越数年复咯一次，亦如之。盖余之患此以笔墨劳人，耗损心血过多所致，并非本原亏弱，以是尚获遏止，且迄今年逾六十，精神绝未衰颓也。

有某显者家人咯血，延中西医诊治无效，乃悬重赏千金觅药，若愈则立付罔吝，旋有以红色之药丸献者，大如桐子，嗅之无药香，谓服之必见奇效，阍者以其人非与主人素识，不敢贸然入呈，其人指天日为誓，并允疾愈后如领到酬洋当分赠二百金，阍者为利所动，乃冒险进之。越数日，主人传阍者入，谓服药后咯血果止，当以千金给献药人以践前言，惟须乞其将药方录出，以便日后自行修合。阍者唯唯，俟其至而叩之，且陈金于几，谓留方则将之以去，不则断勿能入君握。其人踟蹰至再，始索纸笔书药物三味，乃平淡无奇之百合、红枣、朱砂，云主药乃为百合，须觅白花而独心者，烟台有之，合药时取其当心之数瓣，与红枣连皮碾末，外以朱砂为丸，即得之矣，别无贵重药物也。阍者得方欣然持之以白主人，始令持金以去。此为显者之轿役严荣生所言，似尚可信，特百合、红枣之能治血症，实为方书所未见，此异方不知其人由何处得来耳。

五三　毒虫

余幼时阅同治年老《申报》，忆有一事甚为可异，乃某商人服贾于外，越岁始返，其妇以夫久别归来，即夕为之置酒洗尘，饮至微醉而卧，讵料翌日商人不起，竟已僵毙于床，七孔皆有血痕溢出，其状显为中毒。族人乃讼妇于官，邑宰诣验，察妇哀毁逾恒，且举止庄静，不类为杀夫者，疑隔夕所食酒肴有毒，然妇又与夫共食，何以妇获无恙？嗣经一再研讯，究及商人归后琐屑之事，妇以阅时仅有一夜，绝无琐事可供，惟言饱饭后曾吸水烟四五筒，吸竟即卧。宰令呈水烟袋察验，初无他异，继令将烟袋内所蓄之水倾出视之，水色甚清而中有赤色之细虫无数，蠕蠕而动，触目堪惊，乃断定商人之死实中虫毒所致。盖此水烟袋自商离家之后庋置不吸，为日已久，烟油中乃蕴生毒虫，商人不知，吸之入腹，坐是竟毙，遂即脱妇于狱，里人咸呼宰神明不置。此案报中载有省县地址并商人与宰之姓名，当非向壁虚造，惜余今已忘及不能详志，故惟撮其大略言之，以见人生饮食起居皆当慎益加慎，而于久经不用之器皿，一切用时尤宜先以沸水洗涤，俾得消除毒害也。

五四　神乌

湖南自常德府至衡州一带，水浅滩危，舟行不易，相传有神乌每于途中飞绕客舟护之而行，迨抵衡州始各散去，故各舟于常德启程之日，舟子必备白饭、肉食并豆腐等品，陈设船头为乌设飨。如有乌鸦结队而来啄食各物，食毕之后盘旋空际依依不去，则舟可开行，乌必随船共发，秩序之齐肃于雁阵，可保经过各滩一无危险。若设飨后不见鸦来，则此船万不可开，窃恐前途非遇飓风，必有惊涛骇浪，甚或竟有覆溺之虑，凡老于航行者佥谓其百不爽一，诚属奇事。此为余第三婿洪子才培仁供职齐齐哈尔电报局时，闻之其友夏君馥馨，夏君曾任职湖南洪江电报局长，其行程曾亲历之。

按乌鸦一名太平鸟，人言为清高宗南巡时所口封，其事虽为载籍所无，不可考证，然“太平鸟”三字则至今俱以此名鸦，若常德、衡州间之神乌竟能保卫客舟，使之安然稳渡，斯克副太平鸟之名矣。

五五　葫芦雅供

以奇样之葫芦置盆盎中，作文窗清供品具，雅人深致者恒喜之。然鲜者居多，陈者殊不易得，以难久藏不腐之故，即或偶有一二，断不能积至十数枚之多，且其状俱穷极玲珑怪异，为斯世所得未曾有。

邑绅姜丈笠渔，晚年好摩挲古玩，其家有极奇异之葫芦一堂，计十五枚，有颈长如鹤者，有腰细如蜂者，有结顶如鸟喙者，有其下扁圆如柿而其上形若削瓜者，有其颈弯曲若钩者，有上下若合盘而独尖其顶者，有腰与颈屈曲似挽成一结者，有托盘若仰盂而其腰与颈蜿蜒直上一似由盂中逗起者，有其下扁圆而其上细圆若笔管之植立于笔洗中者，惝恍离奇，令人观之不胜爱羡，而其顶上之藤当剪取时类皆得势，故无一不特饶奇。其色则纯系淡黄，一无瑕玷可索，若欲权其质之重量，则每枚当无逾一两以外，盖俱百年或数十年物，经主人费几多心血于平时搜求得之，而又雅善庋藏，乃得蔚为奇观者。昔时每岁夏历十二月朔，南门外复善堂钮真君诞日必陈列一次，任人纵览，逮至姜丈作古，始憾不克复睹。今由其子孙宝之，洵旷世难觅之雅供也。

五六　雪茄烟灰烟叶之妙用

雪茄烟灰可以擦牙，不特能除牙秽，且可使之不蛀。又泥金笺上写字如有误笔，可用清水少许蘸烟灰轻擦之，墨迹脱落而笺不受损。其为用之妙殊属匪夷所思，而吴门梅道钦先生言，如以吸剩之雪茄烟橛置荷花缸或荷花池内，日久烂入水中，化为流质，浸入花根，可使不生蜮蛆，开花茂盛，胜于种花时壅以草头、种花后膏以蟛蜞数倍，况蟛蜞最易出蛆，尤不可膏。梅君年年种荷，年年以此法行之，颇为有效。殆雪茄烟叶功可杀虫，并可为植物中之肥料耶？志之敢质诸格物家。

五七　二龙坑

鬼市之说散见于诸家笔记者甚众，然泰半寓言八九，窃谓其不足取信，惟方文澜君涛为余言二龙坑鬼市事，其友有曾亲见之者，是诚大可异矣。清庚子岁义和团拳匪之乱，京津间杀人如麻，事平后积尸盈野，无地掩埋，俱藁葬于二龙坑内，男女老幼多于在垤之蚁。曰二龙坑者，是处有深沟二，蜿蜒作二龙环抱形，因以名其地也。自沟中作为丛葬之区后，每至夜午，行人若履其地，必见有鬼影憧憧往来不绝，且若道中设有市廛，甚形繁盛。惟近之则无，只青磷无数闪烁于荒烟蔓草间，以是胆弱者每不寒而栗，而阴雨时则甫近黄昏，是处即闻鬼声啾啾，途人因皆绕道而过，不敢或往。读李华《吊古战场文》“往往鬼哭，天阴则闻”，不啻为是间写照。谁欤轻开兵衅，使人民肝脑涂地，致死后游魂悒郁，有是惨异，可悲孰甚于此？呜呼！清廷以执政不良，当时误信神权，自召败亡之祸，今者社稷已覆而乃有此鬼墟，贻恶名以千古，使后之过是地者增无穷之感喟，觉误国殃民者之肉诚不足食也。

五八　福泉县

今人知松江尝为府治之时，其属县有七，为华亭、娄县、奉贤、金山、上海、南汇、青浦，其实古时尚有一福泉县，相传不幸陆沉其境入于泽国，故松江府城隍庙其正殿祀府城隍神，外配殿祀县城隍栗主凡八，福泉县仍参列其间，余在茸城曾亲见之。按同治《上海县志》载，福泉县署在青城南门内二陆祠西，下注："雍正二年分置，乾隆八年裁并。据《通志》《府志》《青志》补入。"是福泉县未陆沉以前当与青浦为邻，惜今无从考正，且不知其陆沉之惨乃在何代何时。惟雍正二年既尚置设县署，则其变似在清季无疑，特是寻译（绎）"分置"二字，或者当时于福泉县遭变之后境地减小范围，故在青城设立分县，至乾隆八年裁并，亦未可定。只以修志时未经详加诠证，以致后世无从考核，殊足憾也。

五九　芸姑

清光绪末叶茸城有县役某，工于心计，饶有干名，家于东门外半村半郭之间，人迹稀疏而境地甚为幽寂。中岁丧耦，有女名芸姑，年及笄矣，自幼许字同城某甲为室，讵甲不务正业，好与地方痞棍为伍，日嗜烟赌，家业荡然，以致无力迎娶，役因只此一女，下半生欲倚之度活，得婿如此其何以堪？故决意萌悔婚想，央媒一再磋议，尽返甲当日聘仪、索回女之庚帖寝事，以为从此可丝萝另缔，不致纠葛复生矣。一夕，役因官衙讯鞫盗案，归家时已逾三鼓，举手款扉，扉呀然启，盖虚掩而未经下扃者，心窃异之，虑有宵小先入内室，急呼女名惊之使起，不意屡呼罔应，而屋中又黑暗如漆，不见灯光，乃抠衣抢步入。甫进女房有物绊足，致踣于地，仓卒中抚所绊物，人也，大骇欲绝，狂呼女名益急，而女仍不应。近居虽有邻人，俱已酣睡，亦无一人应声而至，不得已坌息起立，至厨下摸索得火种，燃灯入视之，则芸姑不知被何人杀死于房矣，身旁遗有小尖刀一柄，血污满渍地板，芸姑则衣裤不整，状似拒奸致毙也者。不禁悲痛欲绝，星夜复至县中报告，求请本官验尸缉凶，为女鸣冤。邑宰准之，翌晨即率仵莅验，芸姑因刀伤小腹并右手脉窠致命，适当填报尸格之时，役于人丛中瞥睹有一恶少视尸作狞笑状，密察其衣履一切尚属整洁，而发辫半条殷然作深绛色，下及辫须亦然，审知其必为沾染鲜血所致，陡疑得无即为杀女凶徒，密禀诸官，逮案鞫之。恶少遑遽无措，尽吐实供。盖即芸姑先行许字之某甲，衔役强迫退婚之嫌，是夕挟刃至女家逼奸。已登床矣，芸姑不从，且坚握其发辫而号，甲因拨刃猛刺，下床图遁。芸姑忍痛逐之，甲乃以刃断其脉窠始获释手，而淋漓之血发辫遍沾，慌迫中殊未之觉。今日闻邑宰诣验，特若坦然无事也者亲往观视，冀与役谋面以绝其猜疑之心，他日无须畏罪远逃，可以逍遥法外。不图役以女未过门，平日不识其人，故未措意，詎以其发际染有血迹乃致破案，此其中殆有天也。邑宰既廉得其情，即将甲带回署中立置诸法，申详上峰论抵。此事为佣于余家十许年之杨媪所言，当时媪与王为村邻，故知之甚详也。

六〇　祝由科治疯犬噬人

相传疯犬噬人，被噬者腹中必孕小犬，啮及脏腑，痛不可忍，状类狂易而毙，语甚怪诞，殊令人不可思议。

湖州德清县城内某绅家有婢为疯犬所噬，腹痛如绞，延医疗治罔效，几濒于危。有素业银匠之某甲，自言幼曾习祝由科，可以符咒施治，绅姑召之使来，匠偕婢至被噬之处，于当地取土一撮，戟指书符，默诵咒语，随以此土揉婢创处越数分钟，土黏结而成丸，擘开视之，竟有黑色之犬毛数茎，易土复揉，复如之，若是者至第四次毛已无有，匠曰："愈矣。"婢之腹痛果止，绅目睹大异之，酬匠以金。匠不受而去，谓受金后恐此术罔效。盖祝由科戒贪得，故近日以此科行道勒索酬仪者，大半无验也。此事亦朱丙一大令言。

六一　蜈蚣咬

岁庚申，余北居爱多亚路步留坊，时屋后为永兴花园，园中薜荔牵及后墙，绿映窗纱，颇饶幽趣。暑夜偶登月台纳凉，尤多花木扶苏（疏）之致。惟林荫既殊阴翳，地气遂不无潮湿之患，致多蠼螋、蜈蚣等毒虫时现于墙壁之间。一夕郁暑，余于夜膳后倚窗小坐，与家人叙语，偶偷片刻之闲。幼子志超年甫七龄，跣足科头依依膝畔，忽狂呼趾痛，神色骤异。余见而大惊，急呼家人脱履视之，则小履中有三寸许之蜈蚣一条扬须奋足而出，立翻履扑杀之，而超儿之足拇趾已红肿如小棒槌，势且延及足背，其痛不可以须臾忍。欲为延医乞治，虑其缓不济急，余忆及草头方有蜘蛛能吮治蜈蚣咬之法，不知有验与否，姑觅一大蜘蛛试之。此蛛果贴伏创口作吮吸状，不复他适，越分余钟始蠕蠕而动，超儿痛乃渐止。余即将蛛释之窗外，令佣妇以温水至为超儿灌足，移时肿退红消，跳跃如故，合家为之大慰。而德草头方之确有奇效不置。惟后闻人言，蜘蛛于吮毒之余宜浸清水中片时，使其将余毒湔涤，方能复活以酬厥惠，否则必死。虽蛛亦毒物，然非仁者所宜出，此余当时以不知故未及如法以报，甚觉恝然也。

六二　灯船

灯船昔称画舫，以余所见，无锡、苏州最为绮丽，南京之秦淮河画舫最为宽大，杭州之江山船最为质朴，若粤之珠江余未一莅其地，扬州之瘦西河（湖）今已无此，故未获睹也。上海虽繁华甲天下，然销金之窟皆在陆地，故平昔无灯船，惟前清光绪中叶时，静安寺路张味莼园老洋房外之池中，由园主张叔和自无锡购来旧灯船一艘，为之髹漆一新，定期下水，乘载游客。船中置备酒肴，足供设宴之需，并有一似妓非妓之女在船料理觞政，而烹饪则由庖丁属之。客登舟后琼筵既开，飞笺召福州路诸妓侑酒，低唱浅斟，颇得水底笙歌、湖心风月之趣，一时趋者若骛（鹜），每夕必须预定，不则徒劳问诸水滨。嗣以池甚窄小，等诸半亩方塘，开船后只能荡漾于海天胜处之前，无从他适，舟中人为之意兴索然，因是匝月之后竟致无问津者，其船仍货之无锡而止。于以见天下事凡基址不足以发展者，断乎不可以强为，观灯船之不能久驶于尺寸之地，可以知所反矣。

六三　龙船

端午龙船竞渡，余曾于南翔、周浦等处见之。南翔在古漪园河中，船凡两艘，旗帜俱甚鲜明，卜昼抑且卜夜。周浦仅见一艘，然操舟者确为能手，回翔得势，进退自如，弄潮儿之绝艺于此可见一斑。船首有飞叉人，适桥必飞叉空际，俟龙舟过桥而接之，桥愈阔则叉愈高，叉从人顶盘旋而下，观者罔不骇汗，其人似系焦姓，今日久已记忆不真矣。

上海亦有龙舟，曾在浦滨举行，然无甚足观，惟近岁沪南半淞园每届夏历五月河内必赛龙舟数日，舟身装饰亦甚华丽，往观者实繁有徒。按半淞园地濒歇浦，园有江上草堂、倚山楼、凌虚亭、碧梧轩、水风亭、四照轩、剪江楼、湖心亭等胜，又可取道云路，拾级登假山至迎帆峰，观浦中帆舰飞驰、波涛起伏，令人眼界为之一扩，更有问津处直达河畔，平日备有小舟供人打桨清游，绝似西子湖头，洗净俗尘万斛。龙舟亦在是河举赛，河虽不甚宽广，而环绕全园作抱月形，舟行得以曲达，乃由园主姚伯鸿君精心缔造而成。姚君亦为我鸣社中人，工词章，善书画，其于建置园林，点缀亭台池沼一切，半以画稿出之，故得超然绝俗，抑且措置咸宜也。

六四　梦畹老人

黄式权明经协埙，别署梦畹生，亦曰畹香留梦室主，南汇老名士也。长于诗、古文辞，多风华典赡之作，尝久主《申报》笔政，议论沉着，非浮光掠影者可比，而引证博洽，尤为枵腹家所不能望其项背。性嗜剧，尝月旦诸名伶，作《粉墨丛谈》行世，见者皆服其评骘之公。晚年息影乡居，任南汇修志局事，暇则惟以著述自娱，而耽吟则更甚于昔。鸣社同人公推其编刊社稿，作序列诸首端，骈四俪六，极班香宋艳之奇，读者罔不心折。且矍铄好游，苟逢远道设社，如秣陵、京江、西子湖等处，必欣然往，寻幽选胜，逐众流连于山巅水涯，见者不知其已古稀外人也。甲子岁，有某小报得其所著《沪事谈屑》一卷，原本署名梦畹，编辑者不知老人之健在也，竟于梦畹下以“遗稿”二字加之，老人见而不愠，惟戏咏生讣诗八绝遍征和作，一时传为佳话，且咸佩其气度之宏。越年乙丑，感疾而逝，寿七十有三，诗稿盈箧，由其门人于今吾君等珍藏待梓。有女亦工诗，盖得自老人家学也。老人一生恶新名词，不屑引用。恒谓我中国文字渊博，取之无尽，奚必摭拾今人牙慧，贻欺世盗名之讥？以是人有病其泥者，其实老人之力矫时趋，盖欲使后学者勿泛骛新学，鄙视中国固有文字，窃谓未尝无见也。

六五　寄外诗

余第四女展云适吴兴陆子冬秉亨，夫妇甚相得。子冬初毕业于陆军及军官学堂，从事防营，宁家之日甚鲜，旋又弃其所习军事，出洋留学美洲者四载有奇，展云居申无俚，余因授之以诗，得句辄以之寄外，积久裒然成帙。今阅其稿尚有可诵之处，爰录数章志之。如《感时》七绝云："江山如此梦魂惊，宝剑平磨郁不平。可许此身化男子，从征万里请长缨。"《避乱》云："城狐社鼠日猖狂，怕作离民黯自伤。何处桃源好居住，世人赢得避秦忙。"《寄外》云："漫道前程此去宽，者回难比昔时难。男儿须奋摩天翮，为有旁人冷眼看。白发高堂有老亲，盼儿一跃出风尘。愿君得志归来日，常作承欢膝下人。"《有感》五绝云："灵鹣不单飞，智蚁知合群。人居万物首，团体将何云。"七律《秋感》云："天青月白夜阑时，黄叶飞飞落树枝。千里关河云影远，万山草木露华滋。闻猿应下伤时泪，逐鹿频兴阅世悲。遍地干戈何日静，陶然得睹太平时。"《有感》云："大好江山又一新，惊心国政变更频。毒龙虽死多遗祸，猛虎潜逃尚噬人。昔日罪囚今作宰，当年权贵削为民。茫茫世事谁堪料，一度思量一怆神。”《送别外子》五古云：“送别河梁上，依依未忍离。征夫已将发，握手不多时。去去莫复语，片帆天际驰。我欲远望君，陟彼南山陂。滔滔浪里舟，如飞不可追。徘徊在歧路，落日沉崦嵫。独步废然返，晚云扑面吹。归来天已昏，新月悬树枝。卷帘看明月，明月照孤帷。回忆相见日，君归自京师。奈何曾几时，又赋判袂辞。此行君赴浙，何日是归期。昨宵君慰我，今夜苦相思。转念忽复思，相思徒增悲。”《久别离》云：“夜阑人静后，只影步危廊。会逢三五夕，明月生清光。忽闻琴声起，随风发悠扬。谁为此商曲，惊我别离肠。溯洄吾夫婿，惜别在河梁。当日君去时，老燕正北翔。转瞬春又至，乳燕巢吾梁。燕归君不归，感物增悲伤。不见已半载，关山万里长。寸心无远近，时绕君之旁。徐闻哀弦绝，亭亭月坠墙。寒风吹满座，瑟瑟满衣裳。愁人不成寐，歌此诗一章。”《拟行行重行行》云：“渺渺长安道，途中匹马迟。遥遥行人远，一去无归期。红叶飞灞桥，黄花开疏篱。鸿雁自北来，寒宵声凄其。奈无音书至，益令伤别离。更深风露重，抚琴诉遐思。琴声不可听，似带鼓角悲。推琴不复弹，兀坐掩深帷。忽对菱花镜，已减芳菲姿。始悟韶华速，青春曾几时?”间尝作小令词，记其清秋之《丑奴儿》一阕云：“金风乍起清秋矣，玉露霏霏。萤火依依，卷上珠帘凉袭衣。黄昏寂寂银河迥，月淡星稀。新雁南飞，惆怅天涯人未归。”亦尚泠然入拍也。

六六　古佛志异

宁人刘君城麟，于西友处得睹古佛二尊，其质似磁非磁，法相端丽无匹。略大者高六七寸，作趺坐形，缁衣半袒，呈淡墨色，面与胸部洁白光润，发际略现紫色。偶视之无甚可异。第若置诸暗室，佛身即发宝光，有红、白、黑三色，立使满室通明，稍近佛前之人竟可须眉毕现，以是有人谓此像系钻石粉所制者，亦有谓系镭碇者，总之价值连城，不言可喻。至其年代之久远，闻西方考古家亦不能详断，惟咸目之为希世之珍。其小者发光亦同，惟略形黯淡而已。

闻刘君言，此西友来华之后，欲在沪地将佛像陈列，藉供博物学家之瞻览而得一确实之考证，此佛究系何质、制自何时？后不知其如何未果，致沪人士不获一睹其奇，殊为憾事。夫我国珠类中有所谓夜光者，相传其能于黑夜生明，然人皆未得一见，今此佛竟能在暗室生光，与夜光之珠何异？可知天下珍奇之物一若当世所必无者，竟为旷代所偶有，不可以我未目见而谓斯世竟断然无此物也。

六七　打虎

浙江内地多山，其山民皆以造纸为业。造纸之法，伐竹置诸山内涧滨，藉水力碓之使烂，俾成纸料，然后制造。读古人“云碓无人水自春”诗，几于四山皆然，不啻为造纸山家写照，故山民日出而作、日入而息，往返于万峰丛里，习以为常。清宣统某年，有造纸工人某甲于夏日晨起，肩担至涧边挑取所碓纸料，独行踽踽已过半山，不料忽来猛虎一头，自后伸爪直扑其桶，甲未之见，逮桶脱而人仆于地，虎已一跃至前欲攫其人，乃当间不容发之时，甲肩上之檀木扁担向前直击而下，适中猛虎之额，致虎负痛咆哮，林木为震，甲始见而大惊，伏地不敢稍动，而虎亦已伤厥脑，就地翻滚不已。幸有别山纸工五人经过，睹状大骇，各以扁担打虎，立时致毙，扶甲使起。甲已战栗不能言语，良久始苏，于是群舁此死虎归，宰其肉而啖之，虎骨、虎皮、虎睛则售之于人，颇获善价，一时山中传为美谈。夫猛恶如虎，乃以噬人之故卒至反为人噬，大可为造恶者作一当头棒喝，免起噬人之心。此为江宁朱明府霖言，乃明府宦浙时由山民呈报者，当为实事，惜山民名姓今已忘之矣。

六八　梦蛇

沪人王氏子居沪南，小康之家也。品性端谨，恂恂如处女，其母为之物色佳偶，经冰上人之绍介得东城内李氏女，文定有日矣。乃李氏忽中止，王母为之不欢，且虑子误此好姻缘或致抑郁，爰仓卒中另聘某氏女以弥其缺。越年迎娶，两家门户相埒，排衙俱甚显赫，女家更奁赠甚丰，王氏顾而乐之。惟当结褵之先一夕，王母忽得一兆，见有一巨蛇蜿蜒入门，旋盘踞厅事间，屡昂其头而梁倾，屡掉其尾而墙倒，第蛇犹翻腾不已，卒至地势下陷如陆沉，始狂惊而醒，以新妇庚肖适为蛇，殊深恶之。无何王氏果家渐中落，不数年氏子更夭逝，而寡媳嗜购吕宋票，必月罄百数十元，姑阻之不听，以败家之兆已应，愤而成疾，悒悒以殁。时王氏家业益不支，而吕宋票犹续购不稍已，逮妇中年以后，室中竟典质一空，于是贫病交并，乃致潦倒以死。戚族启其箱箧，除累累皆吕宋票外别无一物遗留。呜呼，彩票之害人烈矣哉！此为清光绪中叶事，沪南人皆熟闻之，至李氏女则后适邑中王绅子，今儿孙昌炽，家业丰盈，人咸仰其福泽过人云。

六九　五百元

沪南坝基桥某铜匠，原籍梁溪，年近四十而逝，身后萧条，遗一妻一子。其子天性痴呆，十余龄犹不辨菽麦，人皆以“阿憨”呼之，而妻则虽出贫家，人甚贤淑，夫死后为人浣衣度活，守节抚孤，绝无异志，与针作主某夫妇同居历有年矣。会铜匠妻感疾，医药罔效，自知将不起，半生含辛茹苦，破笥中积有洋五百元，本欲携返梁溪，亲交同族作己身殓葬及阿憨日后衣食之需，奈今已不及，以对邻宏泰源染坊司账某人素诚实，拟谆托之，并丐其函致梁溪以此事告，第又病亟不能起床，乃恳针作主代为致词，欲延司账一至病室。针作主素稔其有私蓄，延之来必为后事计也，因伪言司账乏暇，且不乐与病妇周旋，有事可转达为对。铜匠妻不得已，始以笥中洋悉付之，并语以送死托孤事，针作主唯唯取洋去，言已点交某司账，铜匠妻泣谢而殁。讵针作主尽吞其洋，惟以空函报告梁溪，令其族人棺殓妇尸并携阿憨返乡，族人以妇本赤贫，不疑有他，以是斯事初无知者。惟视阿憨则若赘瘤，饥寒罔顾，后闻其竟失足堕河死，而针作主则自得此昧心之财后，其妻日事修饰，且渐喜游荡，潜与某包车夫私，针作主阘茸不能禁，致愤而成痫，始自以吞款事白之于人，未几竟毙，其妇遂再醮包车夫，不逾年亦以痫卒。针作主有一子，初时随母改嫁，母死后流而为丐，不知所终。此为民国初年事，余曾于《红杂志》第一册作《五百元》短篇小说记之，兹再详叙巅末以入笔记，盖缘此等事颇足为薄俗警也。

七〇　烟戒

自鸦片烟流毒入中国，隳人事业、败人财产、耗人精血、颓人志气、误人光阴、促人生命莫此为甚，乃蔓延二十二行省，各处几无一干净土，且屡禁不能戢其毒焰，殆为浩劫使然。惟余家世守是戒，历代未尝吸此，实为可幸。忆余当十八岁娶妇时，以面黑而瘠，外家之戚串中有疑余癖嗜阿芙蓉者，余闻言不予置辨，惟谨守祖训而已。

逮中年后从事笔墨，眠必深夜，起必午间，以致气色愈滞，不知者更疑余烟瘾日增。今垂垂老矣，而偶遇初识面之人，必以日服紫霞膏若干为询，其实余自有生以来此物固未尝入口也。特是鸦片亦能治疾，他日或虑缘感疾故家人以斯为进，以是力嘱儿辈，无论病至将死，勿得或违余志，并戒儿辈，亦勿嗜此致堕祖风。至于烟禁厉行，拯我中华沉沦黑籍之人，尤为余所深望。故余恒服膺前清时朱森庭大令璜充当西门外保甲委员，其境内烟馆绝迹，后任保甲总巡，而城厢内外各烟馆皆一律闭门改业，今上海官僚中堪叹竟无第二人也。

七一　沪壖食物谱

沪壖食物众多，余欲著之为谱，必贻挂一漏万之诮，何从下笔？然泛泛者不具论，姑以最著者言之，夫固班班可考也。如城隍庙头门口之松盛、桐椿二酒酿店，酒酿虽云常州最美，第松盛、桐椿所酿者其味竟不在常州之下。三牌楼张姓汤圆店之抽筋菜汤团，制馅独鲜，今店虽已闭，老饕家犹啧啧称道之。英租界南京路五芳斋之汤团，食者谓其亦有至味。山西路先得楼面馆之红烧羊肉面，望平街西首俗呼饭店弄堂正兴馆饭店之圈子（即肥肠也）、秃肺（即清鱼肺）等各肴，南市小南门大街小寡妇家之素面，城隍庙街六露轩之素面、素肴，亦为人人所赞美。推之邑庙钱粮厅茶肆门前大铜锅担上之平望面筋，与近岁新出名乔家栅口之累沙圆，汕头路之虾子鲞鱼，西门内文庙街新法制之卫生盐豆等，凡此皆系小本经纪，并非多财善贾之人，乃能精心从事，成此人人争嗜之食品以赡衣食而获声名。可知操业纵微，未尝不足以资建树，人不必多财而始善贾也。

七二　桉树　除虫菊

神农尝百草以疗民疾，尽泄植物之奇，后世代有发明。读李时珍《本草纲目》而知草木之有益于世者，实为不尠，然近代科学昌明，尤有为李氏《本草》所未载而功能治疾杀虫者，惜乎其不获补入。如西药中治疟之金鸡纳霜产于桉树，此树今浙之奉化县山中植者甚多，据土人言，凡植桉树之山，其四山竟无疟疾，此一奇也。又有菊花曰除虫菊，开小白花，能杀一切毒虫，园林植之，诸虫皆不敢近，摘其花与叶碾为细末制辟蚊香，室中焚之，飞蚊簌簌而堕，今仙乐种植园之蚊虫香即为此菊所制。初时购自日本，近已辟地自植，且由园主著书详载培种之法，任人索阅，以期互相购种，利不外溢，且可扑灭虫害，此又一奇也。

夫泰东西有此二植物，乃皆与中国地土适宜，则此后凡向种罂粟等害人毒卉者，窃谓俱可改种桉树或除虫菊，生利则同而收效殊大相径庭也。

七三　退醒庐感言

阅历万不可少,世故皆从阅历中来;
说话万不可多,是非每由说话而起。

大丈夫做事,须放得开撇得下;
真英雄立身,要跌不倒扑不翻。

赌不输钱,天下营生第一,试问不输时积下几许家财;嫖能倒贴,世间乐事无双,试问倒贴时受他有何面目。

滑到他人不见其滑,是大滑头;
呆到自己不肯认呆,是真呆子。

情到为难须辣手,
事防受惑是甜头。

穷汉装阔老排场,越穷越阔,越阔越穷;
醉后说醒时闲话,愈醉愈醒,愈醒愈醉。

财字困尽当世英雄,我为英雄一哭;
色字误尽青年子弟,我愿子弟三思。

伤人有较毛瑟枪利害者，讼棍之秃笔是也；
杀人有比绿气炮恶毒者，小人之暗箭是也。

断无良药能医命，
未有奇书可救贫。

聪明人忽地懞懂，恐比懞懂人更懞懂；
懞懂人有时聪明，定比聪明人更聪明。

不事修饰而不损其美丽者是真美人，
能受磨折而不失为豪迈者斯大豪杰。

溪刻与精明似是而非，精明人切忌溪刻；
忠厚与颟顸似同实异，忠厚人无涉颟顸。

谦到十分防有诈，
让人一步不为愚。

海阔天空豪境也，磊落者有此襟怀；
水流花放化境也，潇洒人乃能领悟。

看花得天趣，看月更得天趣；
无病是神仙，无事也是神仙。

愿化蟾蜍,游戏月中常濯魄;
笑他螃蟹,横行世界易亡身。

蝶为才子化身,活泼飞来又飞去;
花是美人小影,娇憨宜惜不宜攀。

少年忌有秋气,秋风起兮万木落;
老年宜得春气,春日长兮百卉荣。

随遇而安,到眼无非乐境;
浮生若梦,留心莫入愁城。

情字惹出许多烦恼,有情不若无情;
耐字免却无限是非,能耐何妨姑耐。

吃得苦中苦,方为人上人,临事不可畏难;
莫信直中直,须防仁不仁,涉世岂能大意。

老年最宜看穿者,金钱两字;
少年最须打破者,情欲一关。

处处可安身,不妨到一处是一处;
行行好吃饭,何必做一行怨一行。

早起花香鸟语，得此清境何异洞天；
夜来纸醉金迷，虽是欢场却为孽海。

一心自作聪明，不是真聪明；
满口自称忠厚，决非真忠厚。

万贯家财，死后谁能拿了去；
千秋名节，生前何不立些来。

一肚皮好文字，可敬者若人；
一面孔有铜钱，可鄙者此辈。

爱莳花草者，其人志趣不俗；
好游山水者，其人胸襟必幽。

与浮滑人不可言沉着事，
对卤莽汉切忌作愤激谈。

金银犹粪土，奈何越是臭越是贪；
富贵如浮云，何妨任他起任他灭。

真英雄必无依赖性，因人成事者决非真英雄；
大豪杰必有勇敢心，畏难苟安者决非大豪杰。

以刚愎用事者，必致偾事；
以成败论人者，乌知识人。

立品当如梅不俗，
宅心须似竹常虚。

多言贾祸，不如寡言；
有力可为，莫云无力。

禁得起百炼千槌，方为铁汉；
受不来一灾半难，必是庸夫。

冰天雪地，冷则冷矣，却能历炼精神；
酒海花城，豪则豪矣，最易消磨志气。

处失意时宜耐心守他出头；
谈正经事莫插口向人打趣。

君子安贫，心闲体适；
小人得志，脚重头轻。

与卤莽人不可谋机密事；
是刻啬鬼必定无公益心。

世乱荒荒，除却渔樵无事业；

浮生草草，不妨诗酒寄清狂。

七四　退醒庐新酒令-

用曲牌名一、京剧名一、《诗经》一、六才一连缀成文，不准加减一字，急切不就者罚酒三杯，勉就而词意牵强者罚酒一杯过令。

香柳娘，长亭赴会，赤舄几几，料应他小脚儿难行。

一封书，下河东，匪报也，启白马将军故友。

虞美人，小上坟，缟衣綦巾，哭声儿似莺啭乔林。

风流子，上天台，日之夕矣，倩疏林你与我挂住斜晖。

少年游，静安寺，有女同车，一鞭残照里。

孝顺歌，杀狗劝妻，卢令令，黄犬音乖。

好姐姐，荡湖船，美目盼兮，望穿了盈盈秋水。

念奴娇，游西湖，邂逅〈相遇〉，相思事一笔勾。

误佳期，二美争风，不可道也，五千遍捣枕捶床。

络丝娘，纺棉花，纤纤女手，蘸着些儿麻上来。

天仙子，渡银河，宛在水中央，行近前来百媚生。

眼儿媚，笑笑笑，巧笑倩兮，怎当他临去秋波那一转。

丑奴儿，探亲相骂，言之丑也，女孩儿家怎响喉咙。

惜分钗，长亭饯别，杨柳依依，马儿慢慢行。

忆秦娥，沉香床，辗转反侧，眼看着衾儿枕儿。

七五　退醒庐新酒令二

用牙筹二十四支篆刻右列诗句，以竹筒盛之，行令时座客每人各掣一筹，依法行酒，颇饶兴趣。谓予不信，请于宴客时尝试之。

梅花　梅雪争春未肯降

得此筹者,与座中名有雪字或面白者赌抢三三杯。

桃花　野桃含笑竹篱短

掣筹之人见座中有含笑者令说一笑话,身短者饮一杯。如哄堂大笑,合席各饮一杯。

杏花　一枝红杏出墙来

身最长者饮一杯。

绣球花　三郎乘醉打球回

行抛球令一通,当用小皮球一个置席上,滚至何人身畔饮酒一杯,周而复始,三圈为止。

柳花　颠狂柳絮随风舞

离席之人饮一杯。

连理花　连理枝头花正开

掣筹者与并坐之人合摆将拳一通。

芍药花　争似晓烟笼芍药

座中有吸香烟或雪茄烟、水烟者各饮一杯。

梨花　梨花一枝春带雨

席间有新浴者或酒后流汗者各饮一杯。

杜鹃花　杜鹃枝上杜鹃啼

席间有与人絮谈者各饮一杯。

紫薇花　紫薇花对紫薇郎

掣此筹者与对坐之人赌抢三两杯，胜者为紫薇郎，左右并坐者各贺新郎一杯。

海棠花　乞借春阴护海棠

得此筹者即席赋春阴诗一绝，如不能诗，乞邻坐代吟，自己饮酒一杯。

木笔花　木笔初开第一花

席中有初学做诗文或在初级小学堂肄业者饮一杯。

紫荆花　荆树有花兄弟乐

席中有兄弟者每人饮合家欢一杯，如无兄弟同席，掣筹者行三拳两胜令一通，胜者为兄免饮。

酴醿花　酴醿香梦怯春寒

席中有我醉欲眠者饮一杯，如不能饮，改饮热茶以祛寒气。

兰花　可人竟体馥于兰

席间有用香水、花露水洒衣服或手绢者饮一杯，如无其人，则名有兰字、香字、芬字、馨字、馥字者饮一杯，香字偏旁、草字头者饮半杯。

榴花　五月榴花照眼明

席间戴眼镜者饮一杯。

健庐随笔

杜保祺　著

导 言

杜保祺，生卒年未详，约生于1895年前后。字笑凡，号健庐主人，福建龙岩人。出身于书香门第，民国年间著名法学家。早年任职厦门、南京、闽侯、晋江等处法院。北伐后期，任战地政务委员会司法处秘书，旋掌高检处，与著名爱国人士蔡公时等同历“五三”事件。1937年“八一三”事件后，避难香港。旋任上海高检处首席、沪特区最高分庭检政等职，化名林肖陵，与日伪周旋于上海，历尽艰险。后一度随高检庭移驻福建永安。因丧子之痛，终避居上海，穷困潦倒。

《健庐随笔》作于避难香港时，载于林霭民主持之《大众报》副刊，共八十二则，每期《随笔》刊出，即有十余家中外报刊竞相转载，风靡一时。民国二十八年(1939)刊竟，即出单行本。附录部分是民国三十四年(1945)补写的。《健庐随笔》记事广博，非出亲历，亦多属亲闻；述前人之事，则征之有据，评之有理。信如著者自序中所称：“不作淫盗神怪之语，不逞恩怨抑扬之私，虽闻见或囿于孤陋，而事实未加以粉饰。以视时俗所为，自信尚不苟同。”其中“李合肥注意使材”“左文襄之远识”“伍廷芳妙语解困”“张宗昌之轶事”“陈炯明挽总理联”“曹锟致吴子玉之短札”“宋案与司法独立”“汪兆铭有兄”等则，均有可读之处。作为著名法学家，杜保祺先生对旧中国法制不振的状况多所记述与品评，且多亲身所历，尤为珍贵，具有很高的史料价值。由于历史的局限，原著中关于种族、政治等方面有某些不妥当的提法，为保持原著全貌，未予删节，望读者明鉴。

此次整理出版，以民国三十七年（1948）杜保祺苏州铅印本为底本。

李书吉

自　序

避秦来港，感触百端。友人林君霭民，适长《大众报》，嘱襄笔政，以浇块垒。自审学殖荒落，言之无文，未敢应命，重违其意，乃就闻见所及，为《随笔》八十余篇，登诸副刊。敝帚自珍，聊以塞责；覆瓿之诮，在所不免。然不作淫盗神怪之语，不逞恩怨抑扬之私，虽闻见或囿于孤陋，而事实未加以粉饰。以视时俗所为，自信尚不苟同，大雅君子或以此为不佞之一得乎。刊竟，林君劝印单行本，爰书其缘由于右。中华民国二十八年春龙岩杜笑凡序于九龙客次。

一　林文忠轶事一

林文忠少与某同学游，有龙钟老妪坠百钱于途，文忠与某共代拾取。某以足蹈一钱，匿而取之，文忠见而不欢。及督两广，某适以知县签分到粤，以为文忠念旧，必可得缺，不料久未得委，乃托亲故晋言。文忠为述所见，曰："儿时心术如此，临民决难廉正。"某知无望，乃改分别省，其后果以墨败，如文忠言。

二　林文忠轶事二

先君言：洪、杨揭竿时，清庭起用文忠主军事，文忠乃令人收买儿童所玩之木枪木刀。及文忠道卒，迄无人知其奥妙也。

三　洪秀全攻南京之巧计

金陵龙蟠虎踞，有金汤之固，在昔火器未发达时，攻取不易。洪军乃于各地大杀和尚，于是和尚咸走金陵以避之。及洪军围城，城中和尚竟群起响应，城遂拔。始知入城和尚，多为洪军改装，其杀和尚固别有妙用也。

四　小凤仙

项城欲称帝时，防蔡松坡甚力。蔡乃醇酒妇人，故示消磨壮志。赴滇誓师，帝制遂倒。及蔡功成身死，旧都开会追悼，挽联佳者甚多，其中小凤仙之“不幸周郎竟短命，早知李靖是英雄”恰合身份，尤为脍炙人口，盖为某名士所捉刀也。余在旧都时，见小凤仙色艺均非上乘，尤见松坡之计在脱身，并非登徒者流。凤仙获与红拂并列，亦云幸矣。

五　志道公之抱负

吾族入岩时，门祚衰弱。志道公年十二，与寡嫂及弱侄耻庵公相依为命。对门连副宪继芳欲得吾家之园地、池塘，以广其居。约垂成，命志道公署券，志道公曰：“公如必得地，请留一隅为吾竖牌坊。”连见其童年出语不凡，知不可侮，乃寝其议。嗣志道公果成进士，官吏部；耻庵公亦继成京举，出宰名邑。虽志道公天不假年，未克大展抱负，然吾族因是书香不绝，人文之盛，为一州冠，皆志道公之遗训昭〔垂〕也。《诗》云：“夙兴夜寐，毋忝尔所生。”吾辈子孙，其知所勉乎。

六　车夫知事与理发匠知事

李某督直时，天津县署某科长之车夫，自言为李表弟。某察之信，乃为置装见李母。李母召李谓之曰："而（尔）表弟一寒至此，尔其善为之计。"李问所欲，车夫曰："向挽街车时，受警察殴辱，甚欲得此，一酬夙志。"李斥其自轻，乃委充某县知事。车夫因目不识丁，遂请某科长助理，此一怪事也。不图无独有偶，又有理发匠充知事之异闻。余友高君任东明知事九年，每理发，悉由署前某待诏任之。未几该匠他去。数年后，有持前湖南某县知事之名片来谒者。见之，则为他去已久之某待诏也。盖某舍业从军南来，以劳绩获知事职，锦衣归里，亟欲一见高君，以示士别三日之意。仕途淆杂至此，视烂羊头关内侯，尤为过之。北洋军阀安有不败者哉！

七　某典史之幸运

清制：官吏出京，须赴朝门叩谢圣恩，然久成具文，无奉行之者。恭亲王当国时，一日未明入朝，见朝门外灯火辉煌。询之左右，谓系分粤某典史出京，依例行礼。恭以其愚不可及。至朝房，值粤督来，笑谓之曰："贵省有典史某？"言未毕，太监呼朝。粤督因机要，奉旨即刻出京回任。抵粤后，心念某典史为恭所面托，当有以报命，乃为捐升知县，而知府，而道员矣。逾两年，粤督又至京谒恭，举以告，恭不承。粤督云："前在朝房为王所亲嘱者。"恭回忆，始曰："吾乃笑其腐耳，不图伊竟蒙齿牙之惠，亦某之庸福也。"遂相与大笑而罢。

八　郑延平遗像

郑延平功业彪炳，中外景仰。郑为南安石井乡人，日人以康公我之自出，往岁到乡瞻仰遗像者甚众。然郑裔恐有意外，多以复制者应。余前在厦律耕，适寓郑裔楼上，因得参瞻真像，壮伟清奇，宜乎一代之雄也。

九　蜀名士两联受知

蜀号难治，故有"天下未乱蜀先乱，天下已治蜀未治"之语。军阀纵横时，成都一隅，竟有三雄鼎立，此疆彼界，俨若三国。有某名士怀才未遇，见而伤之，新正于首、次门各悬一联，首门曰："人民成刍狗，时势造英雄。"次门曰："不信今时无管乐，又听父老说咸同。"口气不凡，抱负可知。某显要过其门赏之，曰："此中有人。"乃征之幕下。

一〇　李合肥注意使材

近来外交失败，虽由国势未振，而使节人选，间有未合人意，以致时闹笑柄，贻讥中外，亦大有关系也。李鸿章当国时，有主遣派使节，应选科目中人为言者。李曰："科目人才虽辈出，不尽娴习于折冲，出使东西洋各国，关系綦重，情形迥异。所有主客强弱之形势、刚柔操纵之机宜，必须历练稍深，权衡得当，庶足以维国体而固邦交，不必专于文学科目中求之，致有偏而不举之患。"窃愿当国者，三复斯言。

一一　中国建筑术

近人建屋，多尚西式，实则我国建筑之坚固宏丽，远在西式之上。如宫殿式之富于美术，无论矣；即如衙署之尊严，庙宇之阴森，均有其用意在。吾邑巨大楼屋，多成自明季，而迄今鲜倒塌者，非如西式之数十年即须翻盖也。红军到邑时，屡攻适中乡不得入，亦以该乡楼墙阔度及丈，非枪炮之弹所能洞穿。西人近多研究我国建筑术，非无故也。

一二　"五三"回忆

国人每逢"五三"，多为文以纪之，然多泛论，而于是事之始末，尚多阙如，爰摭拾闻见以补充之。

余于十七年春，承乏战地政务委员会司法处秘书，先往徐州设处办事。吾室适与外交处毗联，因得与该处主任蔡公时先生相过从。蔡集龚定盦诗自书堂联以赠，内有句曰“亦狂亦侠亦温文”，盖相许之深也。嗣蔡奉命任鲁交涉员，余则长高检处。四月廿八日专车北上，余与蔡又共一室。车次兑（兖）州，闻我军已克济南，委座于一日入城。余等以二日晚至，为敌军所阻不得下。翌早，在车上聚会，由蔡设法交涉，始各分道接收各机关。十时余，余至高等法院，接收印信及接见僚属毕，方进午餐，忽闻枪声大作。余以为张宗昌军反攻，不之意。俄而外交处张科长偕一科员至，谓我军与日军冲突，路上交通断绝，不得回处，乃暂避高院。至下午，方振武军长及一高级军官（记为贺耀祖，未知是否），至高院召街间车夫，调查经过，匆匆而去。微闻因我军二人，持中央角票向日商购物，日商拒之，并召日军至，将我军二人刺杀。我军见而大愤，乃起与抗。嗣双方下令停战，枪声遂息。余至六时，拟入城借寓友人处（鲁高院与各省不同，系设在城外）。比出院门，则见院前我军炮队，有炮十余尊，正列队准备。对门青年会旁，则为日军所据。使非停战，则高院为墟矣。翌早，始知蔡君遇害，事缘交涉署前有日尸二具，日军指为交涉署中人所为。至夜午日军围交署，自蔡以下凡在交涉署者，悉被缚，共廿人，以五入（人）为一贯。蔡以日语交涉，不之理。日军往来蹀躞，似为向其长官请示者。至四日晨三时许，乃将各人驱诸庭院，一一枪杀。蔡甥某肆口骂之，被杀尤惨。勤务某适缚在后排，当日军用手电四照时，某见地上有小洋刀，乃俯拾而暗解其五人之索，仍伪为被缚如故。及至庭院，五人乃分跑。某匿于门外救火水桶内，幸济垣电灯均灭，黑漆中敌无所见，其余四人则均遭不幸矣。勤务脱险后，归以告，始悉其事。委座知日人意在阻挠北伐之成功，而尤注意于委座之一身，欲师曹沫劫齐侯之故智。乃酌留部队守济，而于五日离城，改道陇海路北伐。闻委座曾云："福田所部在济不过数千（时敌军在济者为福田师团），吾欲取之易耳。然北伐功在垂成，不欲以小不忍乱大谋也。""九·一八"后，委座埋头苦干，毁誉不计，外间初有以委座之态度为疑者，余则决其卧薪尝胆，必有雪耻之一日也。至六日，战委会蒋主席亦出城。七日，余与梁君和钧（前济南懋业银行经理，现任甘肃财政厅长）、郭君秀如（前济南地检长，现任最高法院推事）同寓齐鲁大学教授张君处。及晚，闻日军提出《哀的美敦书》，如不接受，即于十二时攻城。美领事以撤退侨民不及，乃延至八日晨四时。及时，日军果发炮，而城中大火作矣。余知留济无益，乃与梁、郭二君，由山道奔泰安脱险。回首大明湖、千佛山，犹依依在目也。如此好湖山，今又沦于倭手矣，可胜痛哉！

一三　两件小外交

国府奠都金陵后，日人曾以汕头交涉员拒绝日领观审提出抗议。外部以案关司法，咨请法部核覆，部发参事厅签具意见。时余正在该厅办事，见外部咨文不以为然，查《中日条约》并无观审明文，此项权利，系依最惠国条款，根据英、美条约而来。然英、美条约所定观审权利，原系相互，日人自难独异。今日领既拒绝汕头交涉员观审于先，则汕头交涉员拒绝日领观审于后，自无不合。至谓吾国久不实行观审，虽系事实，然观审为权利，而非义务，吾之何时观审，在条约有效期间，原可自由，不能谓未行使，即系放弃也。因拟稿以上，幸蒙采纳。（原文载民国十七年《司法公报》第五期第二十七页。见后。）我国素以废除不平等条约为言，然于不平等条约中所应享之权利，尚不能完全行使，良可叹也。又余长闽侯法院时，邮务长西人某，以职员卷款诉其保家赔偿，而未缴讼费，余令追之。邮务长来见，谓邮局开支，未得交部准许，未能动用款项；且彼此同为国家机关，若使缴费，犹左手交与右手然，何必多一转折。余曰：“司法处理诉讼，以法为归。民事案件之须缴讼费，为法所明定，余不能枉法以相从。若谓同属国家机关可以无庸缴费，则法院发寄公文，何以邮局概须照贴邮票？”邮务长无以难，始设法照缴。且对人曰：“莫谓中国司法无人也。”余服官十余载，对外交涉，仅此两事。使稍圆通或大意，则丧辱国权不少矣。

附：国民政府司法部咨字第拾号原文一件

为咨复事案准咨开案据江苏交涉员郭泰祺呈报日领观审权录案呈请核示一案查中日条约原无规定互相

观审之权亦无互相观审之事汕头交涉员因案据与日领交涉固属错误于先武汉外交部亦援此为断案更为谬误于后惟上海临时法院之中日观审与普通之中日观审是否事同一律案关司法相应附录原案咨请贵部即祈查核见覆以资办理实纫公谊等由并附录原案一件准此查中日条约原无规定互相观审之权日领要求观审权藉口最惠条款之规定援引英美条约之观审权为根据但中英续约第十六款明定两国交涉事件彼此均须会同公平审断以昭允当即中英烟台会议条约第二端亦规定两国法律既有不同只能视被告者为何国之人即赴何国官员处控告原告为何国之人其本国官员只可赴承审官员处观审倘观审之员以为办理未妥可以逐细辩论庶保各无向隅各按本国法律审断此即条约第十六款所载会同两字之本意以上各情两国官员均应遵守又中美续补条约第四款倘遇有中国人与美国人相争两国官员应行审定中国与美国允此等案件被告系何国人即归其本国官员审定原告之官员于审定时可以前往观审是中英中美条约均系规定双方皆有观审权纵认日领藉口中日通商行船条约第二十五条最惠国条款之规定援引英美条约为有理由亦不能不认中国官员观审权之行使且本党政纲凡一切不平等条约均应取消重订何况中日条约原无互相观审之明文日领要求已属比附援引断不能因中国向未派员观审遂自认放弃条约上之权利一再让步至损国权至上海临时法院之中日观审与普通之中日观审事同一律在日本未承认中国观审权以前上海临时法院自可依约

拒绝观审准咨前由相应覆请查照

此咨

国民政府外交部

中华民国十七年二月六日

一四　左文襄之远识

左文襄以诸葛亮自况，虽严谨不如曾文正，然其雄才大略，迥非清室中兴各臣所能抗衡。左在军，闻锣声有异，亟率军四面而出，已而，营地崩。人询其故，左曰："锣声不亮，吾知贼筑地道至吾营。军非四出，恐拥挤不及避也。"信可谓运用之妙，存乎一心矣。伊犁之役，左主战，新疆赖以全。其赴新也，沿途开坦道，植荫柳，今甘新大道中，左柳随处可见，后人利之。嗣因中法之役至闽，见闽人男妇暇时多以吸水烟、打纸牌度日，乃提创植桑养蚕，使民无废时。惜不久卒于任，未能使桑麻遍闽土也。左未遇时，洪、杨与清将向荣之大营相持。大营败，清庭上下多忧之，左独大喜。人问故，左曰："大营习气甚深，而朝庭倚为长城；使不败，则大局无由改弦易辙，而事将不可为矣。"果如其言。其卓识之过人，有如此者。我国此次遭遇空前侵略，因初期战事失利，使腐化军民，多数淘汰，此正革故鼎新之良机也。彼闻败而馁，附敌主和者，读左言，当可大悟矣。

一五　蒋四

邑人蒋四，设小铺于城西。有地痞黄罗经者，孔武有力，称霸一方，艳蒋妻色，乃通之。初尚陈仓暗渡，继则公然入室矣。蒋自顾力弱势孤，无如之何，乃阳与交欢。黄以为畏己也，益贱视之。邻右讥评备至，蒋不恤。一日，黄醉至，值天热，袒腹卧床上。蒋伺其睡熟，乃出其夙备之利刃，刺其腹，并杀其妻，持两首投县自陈。审检员赵某，欲依律减处徒刑。而时当光复之初，民气正盛，邑俗又以杀两奸为无罪，因是聚众至数万人，欲集殴赵。知事陈季今，乃急释蒋，事始平。蒋虽市井小民，然能含污忍垢，以雪其辱，亦足多也。

一六　漳泉人勇往之特性

漳泉人之冒万险、渡重洋，以生以息，知者夥矣。余阅《林义忠日记》，义忠戍新疆时，有漳泉人数百，居一村。其时交通不便，以温带南服之人而能远赴万里外之冰天雪地中，其勇往之特性，窃以为不逊哥伦布之开辟新大陆也。使有国力为后盾，则南洋各属，早为我有矣。即以功业言之，如郑成功之一柱擎天，黄石斋之文章气节，俞大猷之荡平倭寇，陈化成之死守吴淞，皆为轰轰烈烈之壮举。以漳泉人之勇往而又习于海事，设沈文肃在漳泉兴创海军，余敢决言无甲午之败也，惜哉！

一七　新黄粱

清季有滇省候补知县某旗人，因听鼓多年，迄未得缺。每于随班晋谒之时，仰数督辕花厅之屋瓦自娱。嗣承友劝，以清例旗员回京陛见，得支川资五十两。穷无聊赖，遂援例北行。陛见之时，适值云南土司作乱，清帝询以滇省情形，某因在滇日久，巨细毕知，奏对称旨，遂简放道员。不数日，布政缺出，又以某升充，出京赴任。道过津门，得电升署巡抚。比到滇，见云贵总督，语之曰："君服误矣！"某以为电讯错误，惶恐殊甚。总督曰："顷得京电，已以君代余，君服仍巡抚，误在是耳。"某如在梦中，乃于该署花厅视事，以资纪念。事之奇特，无逾于此。不图鼎革之时，某闻人际遇之奇，竟与是事相类。某在清季曾充安徽警察所记室，新任该所提调沈某以其字法不佳（佳），拟予解雇，幸该所庶务顾念乡谊，力为说项，始予保留，某德之甚。及革命军兴，洪武后人率军攻南京，某为随营书记。事平，某持后人函回籍，谋一百里侯职。时该省民政司长阅其履历，投之纸簏曰："此种资格，何足以长一邑！"某得左右传闻，知已无望，乃赴宁，述之于后人，后人愤甚。及归任都督，乃以某接充民政司长，并语之曰："若尚能谓君无资格耶？"某以是而民政长，而巡按使，际遇之奇，一时无两。某下野后，读书奉佛，兼办慈善事业，人多称之，可谓不负后人期许矣。

一八　富贵贫贱之直隶四道缺(尹)

直隶四道尹，有富贵贫贱之分。富者大名道尹。因兼长河工，每年可报销巨款。遇河警时，则由平昔所勾结之匪类流氓，强取民间之柳木棉絮，以资堵塞，固不费分文也。传闻某道尹曾与某匪在烟榻口角，为匪掌颊，置不敢较。盖开罪若辈，不但工料须费巨款，且日夕乘隙毁堤，将使修不胜修矣。贵者口北道尹。以蒙古王公从前入都时，仍沿清例行跪拜礼也。贫者天津道尹。以地居冲要，酬酢甚繁，鹤俸不敷也。贱者保定道尹。以曹锟在彼，任道尹者，每日须侍奉维谨也。

一九　叶天士疗贫有术

医者，意也，非聪明人不足以精此。近代名医叶天士医术神奇，一时无两，自称有病即能医。有某谒天士，曰："吾病贫，君其无能为力。"天士曰："易耳。"乃取二文钱，令市某种子，归而植之庭际。至翌春，花叶繁茂，而时疫忽起，天士每方均用该叶作引，别处无从购。某居奇出售，获利数千金，遂成小康云。

二〇　黄石斋先生之轶事

崇祯某年，余中丞集生与谭友夏在金陵，适石斋先生来游，与订交意颇惬。黄公造次必于礼法，诸公心向之，而苦其拘也，思试之。秦淮名妓顾横波，国色也，聪慧通书史，抚节按歌，见者莫不心醉。一日大雨雪，觞黄公于余氏园，使顾侑酒，公意色无忤。诸公更劝酬剧饮，大醉，送公卧特宝榻上，枕、衾、茵各一，使顾尽弛亵衣，随键户，诸公伺焉。公惊起，索衣不得，因引衾自覆，而命顾以茵卧。茵厚且狭，不可转，乃使就寝。顾遂昵近公，公曰："无用尔。"侧身向内，息数十调，即酣寝。漏下四鼓，觉转面向外。顾佯寐无觉，而以体傍公，公酣寝如初。诘旦顾出，具言其状，且曰："公等为名士，赋诗饮酒，是行乐而已矣。为圣为佛，成忠成孝，终归黄公。"顾氏自栖公，时自怼。事见《虞初新志》及《秦淮广记》。足见黄公之见危受（授）命，有由来矣。顾妓识见，亦异凡俗，其后之随龚芝麓，令人有从贼之叹，惜哉。

二一　一字狱

秦桧以"莫须有"三字杀岳飞，千古冤之，谓为"三字狱"。昔年军阀当国时，有某帅出身行伍，不大识字。乡人某与帅为总角交，来谋事，帅下条："抓在副官处。"

副官长乃将其置狱，久而未决。一日，帅问副官长："某人办事如何?"副官长始知"抓"字系"派"字之误，急将乡人释出。

二二　洪承畴神明内疚

洪承畴之才调，为明季有数人物，故清室纳范文程之议，百计劝降，洪遂晚节不终，遗臭万年。洪后在里祝寿，知县所上寿文不当意。有秀士谒知县，谓予以千金当代捉刀，知县许之。秀士取观原作，曰："此文甚佳，只添'杀吾君者吾仇也，杀吾仇者吾君也'十四字足矣。"以之上洪，始报可。盖洪降清后，不第为乡里所不齿，且母不以为子，妻不以为夫，虽高官厚禄，难免神明之内疚也。秀士灼见其隐，故添此十四字，洪以为能道出心事，希图稍盖其变节之非，故称赏之，而不知名冠《贰臣传》，虽清室亦鄙视之，洪固一失足成千古恨也。今某氏身居显要，不惜主和附敌。殷鉴不远，回头是岸，某氏宜知所以自处矣。（按：某氏指汪兆铭。太平洋战事未发时，港禁语涉敌伪，故云非曲笔也。）

二三　青青

前于旧都名妓青青室中见所悬对联，文曰："清斯濯缨何取于水，倩兮巧笑旁若无人。"暗嵌"青青"两字，可谓极构思之巧矣。

二四　黄石斋之遗墨

黄石斋先生为理学名臣，且工书画。余曾于漳浦杨搏九先生家见所藏《千字文》及《古松》两卷，笔意超然，令人爱不忍释，不第以人重也。闻吾师林宗孟生前，曾藏有黄公手卷一帧，而题跋则在陈宝琛先生处，乃以万金求让，以成全璧。日人拟以十万金购之，林师未报可。后林遇难，此帧不知尚在否。又黄公就义时所书《绝命词》，亦为稀世之宝，旧藏闽侯王某家。王裔曾携厦求售，索值六千金，予无力承购。今闻以千二百金归诸黄浴沂先生矣。

二五　文文山之遗琴

文文山先生，文章气节，尽人皆知。余前年于首都刘仲缵先生家，曾见文山先生之七弦琴，古色斑烂（斓），信可宝也。今首都沦陷，不知此人间国宝，依然无恙否？念之怆然。

二六　明太祖之风趣

洪武好微行，一日与太监途过豆腐店，见少女喂豕，貌颇娟好，目逆而笑之。马后素有贤德，太祖回宫后，后问太监以所见，太监述之如前。未几，太祖见一初入宫之女，似曾相识，询之于后。后曰："陛下非遇之豆腐店见而喜之者耶?"帝曰："误矣。吾见是女喂豕，而悟古人造字之妙。盖'家'上宀下豕，于以知'家'字之从'豕'，为义正当。"后不禁嫣然。

二七　伴食都统

闽人呼陪食而不做东道者为都统。盖清制都统，职位仅次于将军，凡文武宴会，都统无不被邀，而鹤俸微薄，又无力回敬也，故云。

二八　猪肝

西医近视猪肝为补品，而不知我国早已发明。《世说补》载："后汉太原闵仲叔家居安邑，家贫不能得肉，日买猪肝一片。屠者或不肯与，安邑令闻，敕吏常给焉。仲叔怪而问之，因叹曰：'闵仲叔岂以口腹累安邑耶！'遂去，家沛以终。"使非知猪肝为补品，则闵氏蔬食足矣，何必惟是之求？足见食物卫生学，古人未始不讲求之，惜国人之数典而忘祖耳。

二九　东明县新旧城

河北东明县有新旧城。旧城距离今城约六十里，现名东明集。昔为黄河淹没，其牌坊之端，尚露存地上，使由考古家开掘，当必有所发现也。谣传当日有人语某老妪，以衙前石狮眼流血，则河堤将溃，老妪乃逐早往视。其旁豆腐店伙，戏以猪血涂之。妪见而举家他迁，不料河患果发，而全城为鱼，因迁治于今城云。其事虽不经，然该邑县志，则言之凿凿，当系偶然巧合也。

三〇　卫辉府署之古冢

河南汲县，原为卫辉府，古为卫地。民十二，余在该县小驻，邑人高君幼青为言，府县大堂前，一日地塌成空穴，使人下探，则见有古棺一具。此外有大镬十余，彼此相通，中贮油而上燃微火。人言为卫灵公之墓，不知确否。

三一　"卖鱼总统"之身后

某军人遭逢时会，一跃而登极峰。性好货，曾将总统府中之池鱼出卖，一时有"卖鱼总统"之称。盖总统府原为皇宫，府池中所蓄鱼，多为宫人所放生者，鱼多悬金牌，志明放生时日，即明季者亦有，故西人多不惜以高价求之。某总统故后，其后人向为经营财产之某运使索款。某曰："而翁生前尚须亏累，何来财产？"其后人乃列举其父在江南某任时，贩烟得利多少，某事得利多少。某曰："此皆外间污蔑而翁之词耳。尔不干父之蛊，犹以是为言，诚不肖子也。"其子无法与较，所有财产，遂悉数为某吞没，身后颇感萧条。今之日事聚敛为子孙做牛马者，当以此为殷鉴也。

三二　三十二岁三十二子

儿时闻先君言：江苏某县吏，邑宰极信任之，而衣履破旧。宰异而问之，以家累对。宰曰："老亲健在，昆仲众多乎？"曰："早失怙恃，终鲜兄弟。"曰："内宠多乎？"曰："一妻已足，宁敢望蜀？"宰详诘之，始知吏以十七岁成家，每岁均诞生孪子，至三十二岁，已得三十有二子矣。故米盐疲虑，庚癸日呼也。宰临其家验之信，事闻于朝，以为人瑞，乃半其县之钱粮予之。此事曾见之某书，惜忘其名，而先君又弃养多年，未能趋庭请训也。

三三　吸烟怪癖

思明杨幼亭先生为余言：其友某为瘾君子，日与往还，而一榻横陈之际，迄不令人见，思窥其隐。一日穴窗探之，见某每吸一筒烟，必下床打三觔斗。乃叩门而问其故，某曰："儿时随父在任所，门之（子）为此道中人，吾见而欲试，门子必令打三觔斗始与。久而习之，非如是不能过瘾，故不欲为外人见也。"吸烟成鬼，斯则鬼而怪矣。

三四　郭尚先以伪作真

蒲田郭尚先先生工书法，一日至裱褙店，见所书对联，以为得意作，自购之归，实则为其侄所临也。书画鉴别之难如此。

三五　伍廷芳妙语解困

伍廷芳先生，原系吾闽晋江人，其祖始迁中山。伍为外交前辈，中外敬服。一日，有西妇问伍以华人一夫多妻之故，伍几为所困，乃徐徐曰："敝国妇女多守从一而终之义，男子为尊重女性，不敢有始无终，故不得不纳之为妾；非如西人之于情妇，始乱而终弃也。"以伍之擅于词令，宜其折冲樽俎，所至有声矣。

三六　朱兆莘力维国权

朱兆莘先生，曾充鼓浪屿会审公堂委员。时国势不振，领事团喧宾夺主。每开庭，领事辄高踞中座，指挥裁判，一如审判长然。会审委员傍坐，唯唯而已。朱到任，思有以折之。至讯期，乃先坐中席以候。领事至而抗议，朱曰："此中国法庭也，当然我主尔从。"及朱自由裁判，领事又横生异议。朱曰："吾依律判处，非他人所得干涉。尔如不满，可以依约交涉。"领事无以难，乃绝迹公堂，且重朱之为人矣。后朱持节使欧，有西人讥华人不洁，朱曰：“西俗之握手接吻，视华人之点首鞠躬，不洁实甚。”朱固一外交能手也，竟以食蛇中毒死，惜哉！

三七　《福建一瞥》

曾见敌人所著《福建一瞥》，于八闽之山川形势、风俗物产，调查极为详尽。即如龙岩一县，以煤铁著名，举凡矿主姓名、工人多少、产量若干，一一表明，有为岩人所不知者。足见敌人谋我之处心积虑，无孔不入也。

三八　张宗昌之轶事

狗肉将军张宗昌之素行，尽人皆知。民十七，北伐时，余随军至济南，见督署精舍二十余间，布置极为奢美，皆为藏娇纳宠之用者，足证其穷奢极欲之非诬矣。张有“三不知”之称，即不知兵几多、钱几多、妻妾几多，观其举动，事或有之。忆国军在徐州与张部及孙传芳军相持时，孙部颇有战斗力，曾一度攻至九里山，徐州可闻炮声。而张部在临城则不战而溃。因张部欠饷甚多，及战事发生时，发饷三元；嗣张部军官又骗兵士以代寄回家，嘱各兵缴回两元。黠者知为骗术，因而大愤，遂致军无斗志，不战而逃。又闻张在鲁时，有某求一县职，张书一便条，令其到某县接事。及到县，旧任虽未奉省署令文，然以摄于张之淫威，不敢不交代也。此可以知张之为人矣。第张行虽不理于人口，而事母独以孝闻，鲁人遇事不得直者，得母言立解。张固因遇刺不得其死，然以张之头脑简单，使在今日，难免不为日人利用，而为齐抚万之流。是张之早死，未始非孝德之报也。

三九　偷茶壶司令

乡人谢某过厦，寓旅邸，侍者以司令林某请见之名片进。谢正出浴，急整衣出迎。忽见旧用人林某，在门外向呼将伯。谕曰：“吾欲见司令，无暇与语。”林曰:“司令非他，某是也。”谢曰：“而盗吾锡茶壶，尚未追还。今来索钱，不虞送将官里去耶?”乃斥之去。盖林盗壶后，往投某处民军，嗣收编为司令,今因落魄,又向谢求助耳！视昔之烂羊头关内侯，灶下养中郎将，可谓古今辉映矣。

四〇　某财长之今昔

浙人某，历经北洋盐务署长及财长多年，挥金如土，以豪阔称。有乡人某赴都，谋一噉饭地，为财长门下客。一日，财长与友雀战，奉府召，请某代庖。有顷，财长返，某以所赢筹码进，财长即以予之。某向账房换一西文支票，不知其数目之多寡也。翌日，赴银行取款。行员见其形迹可疑，电询财长无误，乃询某取现抑开户，某以取现对，则赫然四万五千金之巨款也！某无法持归，始仍存该行。因是襆被出都，返乡做富翁矣。北洋政府失败后，财长伏处津门。年前有北平古董商，侵晨至津，往谒财长叙契阔，财长呼仆市馄饨以敬客。俄而商作别出门，则仆正与卖馄饨者争，状颇忸怩不安。询之，则馄饨一角之值，无以应，商因代付而去。财长晚年竟一寒至此！信乎富贵如一场春梦也。

四一　某侨商意外破产

荷属某侨商，于欧战初起时获利数千万。一日，接俄商大批购糖定单。计算之下，可得纯益六百万，乃倾资购进，赁船运往。抵俄，而革命作，无领货者。于是售诸日商；乃船抵埠，而日商又告倒闭矣。四处招售，始由美商承购，不料船到美，而糖均霉坏，某遂一贫如洗，在街头以卖冰为生。旧伙见而怜之，相率集资数万金，俾归国作菟裘之计云。

四二　地皮大王之豪阔

沪上某，以经营地产致富，一时拥资数千万，有“地皮大王”之称。某次与爱妾斗气，将念余万之巨值金钻，倾之抽水马桶中，其豪阔可知。嗣地价跌落，大王遂告破产，乃由财团给以三万金，以为终老之资。其人其事，与某财长可谓无独有偶矣。

四三　易培基盗宝盗书

故宫盗宝案，主犯易培基独漏网，闻系托庇日人，故始终未能弋获。鄂人李君为余言：易幼时就读岳麓书院，曾盗院中藏书八大箱。以主古（故）宫，无怪其身入宝山，故技复萌也。

四四　玉西瓜

昔年清陵被掘案，哄动一时。闻殉物中有慈祷（禧）之玉西瓜，为稀世之珍，已归于某贵妇矣。帝、后厚葬，犹且诲盗，世人当以此为覆辙之鉴也。

四五　陈炯明挽总理联

孙中山先生在故都逝世，陈竞存曾联挽之。文曰："惟英雄能救人杀人，功首罪魁，留得千秋青史在；与故交曾一战再战，私情公谊，全凭一寸赤心知。"以竞存之背叛总理，措词甚难，是联虽辩，然尚见构思之巧。

四六　影变

鼓浪屿有了闲社，内供裴仙师，某监督及某会办等信之笃。监督有子，在相馆撮（摄）一影，索而不与；坚取阅，则一老者立其后，归而遂病。监督乃叩请仙师，谓其子前生系鲁富家儿，因驰马怒毙老仆，今来索命，事达天庭，不可挽也。其子遂不起。嗣见林向今司令公子，在厦公园所映之影，其上空有一浮游小儿。民十在旧都，亦曾闻廊房头条某相馆有类此之事。此当与因光力返照之海市蜃楼同一学理，监督子殆因疑致病欤？

四七　池二妹

民十三，余供职闽侯法廨，曾审一案：凶首池二妹（男性）素行不端，艳某农民之妻。是乡农民多兼业舆夫，池至乡，令其夫妇为备舆。某知其醉翁之意，拒不应，因是冲突，池抽匕首刺杀之，邻人乃系之送官。余以其系斗杀，乃依律判处十二年徒刑。当审理中，池母至庭，力言十八守寡，今五十余矣，仅遗是子，幸开生路，以延门祚。未几，池提起上诉，忽改判无罪。十余日，池母忽以杀子被执，经检官送请余预审。嗣余调长晋江法院，不知其结果如何。然在预审时，余诘池母："尔前求余莫判死罪，何以尔子归而又杀之？"池母曰："吾子素忤逆，而又孔武有力，一言不合，动辄用武。一日，吾忽思有子如此，不如无有，因执而殴之，竟如驯羊；乃拖至屋外百余步小河旁，推而下之，并置巨石压之使沉，往报乡长送官。迄今思之，吾亦不知当日之何忍至此也。"乡人多以报应为言，而余则以为其母精神或有变态，拟延医验之，惜未能始终其事也。

四八　陈后主之井栏

陈后主亡国时，投井被执，其井栏系石制，极精美，前存南京古物陈列所内。民十一，余供职于南京法廨，往游时，曾一见之。今首都沦陷，是物又阅沧桑矣。

四九　严林译作之月旦

严几道与林畏庐均为文坛泰斗。严译多为社会科学，如《天演论》《原富》《法意》及《名学》等书，极“信、雅、达”之能事。其中原书取譬，均易以中国典故，非学贯中西，融会贯通者，不克臻此。故读其书者，几疑为严创作，不似译自西籍也。林译多小说，以《茶花女》《吟边燕语》等书，为最脍炙人口，虽笔法力追史汉，然多矫揉造作之处，气势究不自然。至其创作《金陵秋》等书，则较译文更为逊色。然严文深奥简古，非国学素有根底，而又细心读之，不易解，非如林文之可以普遍流行也。故林名在一般人中，转出严上。闻耶教初请严译“新旧约”，以索价奢而未成。使是书出严手，吾知今日读《圣经》者，必不限于教会中人也，惜哉，惜哉！

五〇　《聊斋志异》多骂江南文人

蒲留仙所著《聊斋志异》，家喻户晓，流通正广。蒲因怀才不遇，以岁贡终，故其文涉及科第，即多牢骚不平之气，而于江南才子，尤为不满。其中如《司文郎》等篇，语意明显，尽人而知。即如《五通》篇，所谓“吴下仅遗半通”，亦系借题发挥，痛骂南人。文人相轻，可谓古今一律也。

五一　高帽子

有京官外放，别座师，师问其治术，官曰：“吾将以高帽子往。”师曰：“子以为举世皆好谀之人耶？误矣。即如老朽，固闻过即喜者。”官曰：“师固众睡独醒者，何能以是概世人？”师曰：“是言亦确。”及出，官对师曰：“顷吾已售一高帽子矣。”师为莞然。

五二　严乐园之名语

严乐园先生，楚人，令秦几二十载，极著循声。尝曰：“长官之于属吏，必当扬善公廷，规过私室。”善哉斯言，可为法守。余性褊急，好面斥人非，斯语尤当书诸绅，以比佩韦之益。

五三 宰白鸭

江北齐鲁之间，民风强悍，案多命盗。清时捕快因蓄贫家子多人，充其衣食，遇巨案不能破获时，即以此送官充数，虽严诘不翻供。盖知幸而获释，捕快亦必杀之以示儆也，俗谓“宰白鸭”。事之残酷，无逾于此者。张船山先生出守山东莱州府时，覆审即墨县一命案。凶犯王小山，供认杀人不讳。张见其年少而文弱，疑之，虽穷诘再四，均无异词。然张已得其情，乃曰：“若含冤，胡不直言？”王因泣曰：“大人固明烛秋毫，然亲老家贫，为债所逼，因以二百金为真凶屈境秋顶替耳。使吐直发回，不第二百金无以偿，且酷刑亦难忍受也。”张遂设法以另事拘屈，乃讯明出王，而置屈于法。张为名士，诗文书画称四绝，而折狱明慎至此，尤非一般风雅吏所能几也。年前沪有土豪蒋某，以杀人嫌疑系狱，审理中保外。及案定执行，余适任上海地检处首席，发票拘之。蒋以其仆应，马挂（褂）长袍，俨然豪富。讯时见其觳觫，心知有异。以微词讽之，竟俯首无词，乃令警检其身，则内衣极褴褛。速调苏看守所原照比对，始知确为顶替，乃严饬法警捕蒋，幸未漏网。于以知司民命者之宜处处留心也。故余入司法几念载，多喜办民事，人有以舍易就难为问者。然余以刑事关系民命，责任过重，一欠明慎，此心将毕身而不安也。

五四　推潭仆远

旧都酒饭馆，有悬“推潭仆远”之横额者，语出《后汉书·西南夷作（莋）都夷传》，即“甘美酒食”之意，然人多不解。闻旧都沦陷后，御料理之市招遍通衢，俯仰之间已为陈迹，沧桑顿易，感慨系之矣。

五五　端午桥之幽默

端午桥有满州（洲）才子之称，好滑稽。督两江日，有属吏矫为严正，一日谒端，力陈麻雀牌之如何祸国病民。端知其隐，佯赞其说，并问曰：“吾闻雀牌各项均四张，白板独五张，何也?”吏曰：“否，白板亦四张耳。”端曰：“若然，则足下固此中熟手也。”吏知上当，乃赧然退。

五六　某报人

旧都某报人以手腕灵敏称。在军阀当国时，政治极不清明，某因调查各官宦闻人之阴私，凡京外简任以上之人员无不备。每以其所知，宣诸报端为要挟，必令满意而后已。后某力攻某丧师之军阀。军阀以其得款而又下石也，衔之甚。及政局再变，军阀又率军重来，而某之首领遂不保矣。

五七　梁任公读书得间

近人有以孔子之“民可使由之，不可使知之”为愚民政策者。自梁任公改正朱注，于“民可”及“不可”各加一逗，而文意大明，深符庶政公诸舆论之义，而与现代民主主义契合无间，使反孔者无疵可摘。任公不第读书得间，且有功圣道，诚可佩也！

五八　董康之勾结敌人

董绶经原系清刑部主事，入民国后，久长法曹，虽以旧律专家自命，然于法学实极肤浅，其最得意之《科刑标准条例》，法界中人多病之。董下野后，穷极无聊，乃以翻印古帖售诸敌人为生。年前曾应聘东渡讲唐律，得资三千金，因是与敌人有一段香火缘，今并其身亦出卖敌人矣，可哀也！

五九　曹锟致吴子玉之短札

吴子玉将军不为威迫利诱，以强项称。当奉直战事将发前，吴在豫，曹征之不至，以曹、张系儿女亲家，而曹左右又举棋不定，吴不欲以疏间亲也。曹知其意，乃为亲笔函致之，其中有“尔就是我，我就是尔，亲戚虽亲，不如自己之亲”一语，吴得书始至。观曹之短札，信为吴之知己，且非不学者流，其晚节克终，有由来也。今吴陷敌，又以被迫闻矣，甚愿其坚持夙志，不使曹氏痛心于地下也。

六〇　蔡相国之滑稽联

漳浦蔡相国新致仕在里，一日游僧寺，僧见其衣履朴素，未为礼。嗣问其居处，知为相国之乡，乃呼“坐”，并献“茶”。又问以姓，知为“蔡”，以为相国族人，乃“请坐”，并呼小沙弥“泡茶”。及知为相国，遂曰“请上坐”，更命小沙弥“泡好茶”。于是求相国书联赠之，相国为书：“坐，请坐，请上坐；茶，泡茶，泡好茶。”寺僧以其为相国，不得已悬之，可谓谑而虐矣！然足为势利之方外戒也。

六一　观成轩

昔有某名士理发，待诏不慎至见血。以其名士，请为题字，某书“观成轩”三字以予。识者见而笑之，曰：“依照四声，‘观管贯割’‘成请倩出’‘轩显现血’，是‘观成轩’，明明‘割出血’也。惜尔未学不悟耳。”

六二　宋案与司法独立

光复之初，民气发扬，法界中人，亦多守正不阿，以气节相尚。宋教仁在沪被刺，上海地方检察厅，侦知为袁世凯及其亲信赵秉钧所嗾使，遂均发票传之。袁以区区法吏，竟敢动虎须，大愤，乃于癸丑革命失败后，下令取消各地法院。如苏省原有地院五十八处，除沪、宁有关国际观瞻，幸获保存外，余俱撤废，而以县知事兼理司法。因是司法独立之精神，摧残殆尽。然袁恐赵发其覆，遂酖之死，未始非上海地检处传票之力也。

六三　赵秉钧之出身

赵秉钧入民国后，曾为国务总理，然在逊清时，赵初为直隶东明县典史，嗣为沈阳防营统带。时京奉车初通，站无电灯，那拉后回奉，赵令防兵各手执火炬以迎，车站为之不夜，后赏之，而赵贵矣。

六四　被动说

世人论理，有绝对相对之分，而德儒爱因斯坦主相对。世人做事，有自动被动之别，而吾则谓有被动而无自动。何则？夫动亦多矣，然其动也，必有所由来。譬之耕与织，衣食动之也；衣与食，饥寒动之也。使不衣食则耕织废，使无饥寒则衣食免。推而广之，风动草偃，汽动船行。草与船之为被动固矣，然风从气，汽从蒸，又岂得以自动目之耶？故曰：有被动而无自动。使吾眼如碧，则斯说或如相对论之震惊一世也，惜哉。

六五　衙署之十二生相(肖)

衙署之厨子似鼠，以揩油偷食，习与性成也。老太爷似牛，以外貌虽庞然大物，实则无拳无勇也。老爷似虎，以发号施令，政由己出也。跟班似兔，以断袖分桃，龙阳君多属此辈也。太太似龙，以嘘气成云，与老爷为敌体也。姨太太似蛇，以太太出缺则蛇成正果，而变为龙也。轿班似马，以奔走驰驱，供人鞭策也。幕友似羊，以位尊职小，视牛稍逊也。少爷似猴，以跳跃无定，性喜玩弄也。更夫似鸡，以早晚报时，终年如一日也。门房似狗，以看门守夜，提防宵小也。官亲似猪，以饱食终日，无所用心也。

六六　吴稚晖之妙语

吴稚晖先生之演讲，寓庄于谐，听者不倦。民八，在漳演说，略谓："世人多知有己，而不知有人，实则人即己，己即人也。譬之植物，赖人所吐之炭气，及排泄之粪料，以生以长；而人又以植物为食物，以充滋养。植物体中既有人我之成份在，足见我体中有别人之成份。故爱人即爱己，爱己即爱人。人我之身，不过如老人之拐杖，须凭此而行耳，何必因一杖之故，而损人以利己也。"语虽滑稽，实含至理。

六七　发财装疯

有绍人某，游幕某处，一日忽指地上之残砖废瓦为黄金，令人多置箧以藏之。居停见其神经失常，乃派役送其归里，某乃携所置箧箱以从。及抵家，妻哭之恸。某曰："卿试开箱视之，当知我非疯也。"及启视，果皆黄白物。盖某在职时，其所住室墙隅塌下，内储财宝，为昔人避乱时所藏者。某恐别人染指，且以道途多伏莽，乃伪为发疯，掩人耳目，将日间所拾砖瓦塞诸空墙中。人以其疯，固不疑其有他。若某之工心计，诚不愧为绍兴师爷也。

六八　趋庭痛忆

前辈之持身勤俭，有非今人所能想像者。回忆趋庭之余，先君每云，红羊劫后，先祖年老多病，家贫如洗，先祖母又早逝，先君嗜读，屡请而后可。时名孝廉林公禄阶设帐乡中，桃李称盛。先君就读，过目成诵，三日而毕《中庸》《论语》，不期月，竟握笔成文矣。林公大赏之，谂知家道清贫，束脩遂免。然先祖仍以无力就学为言，欲令先君改业。林公闻而造先祖之居，自愿推食以供先君读，并月给先祖钱千。先君感其知遇，每夕归家，无可为照，乃就祠堂灯火读，至深夜始已。无纸笔为用，则取旧橱门及破笔以代。昔人囊萤映雪之勤，不是过也。故先君之于林公，事之如父。林公有召，虽严寒盛暑，不俟驾而行。林公之知先君也深，而先君之所以报林公者亦厚矣。不孝等三人，皆质鲁而不好学。先君常曰："吾幸矢志读书，尔等方有今日。今则左图右史，而尔辈尚不知奋，宁不思而翁昔日之欲读而几不得耶？且尔辈饱食暖衣，不可不知前辈之克勤克俭。当某岁乡试时，里人郭先生由省往返，路逾千里，而所带路菜仅为一咸蛋，然郭先生取与不苟。途中聚餐时，同辈恒请其加箸，郭先生辄谢曰：'吾有咸蛋在，可以不必。'世岂有一咸蛋而为以供数月之用者？郭先生盖以盐充其内，以资佐餐而已。"呜呼！不孝等居安恶劳，学殖荒落，回思庭训，不知涕泪之何从也。

六九　《金鼓雷鸣》之观后感

己卯元旦，率儿辈观英片《金鼓雷鸣》于大华。片述印酋年老，以弟傲子幼为忧，乃与英人言成，使其子托庇焉。未几，其弟果有烛影斧声之举，子虽幸得脱，然英人以其弟窃位后承认原约，遂寒托孤之盟。嗣酋弟野心不戢，设鸿门宴以待英军，英人为固其圉，始派军定之，而复酋子之位。观是片后，深感英国朝野，均务现实，奥捷之牺牲，西战之妥协，皆可作如是观，未能以此独责张伯伦也。

七〇　《我若为王》

二十八年春，泽儿随往平安戏院观《我若为王》一剧。该院以是片征文，限五十字以内。余乃节该片剧情，以泽儿名应征，竟获首选。文曰:“我若为王，当选贤任能，除奸攘敌，修明内政，与民同乐。然后推位让国，功成身退，率神仙之眷属，为景物之流连，不亦快哉。”每念不自度量，颇欲有树于世，而潦倒闲曹，蹉跎岁月，读“手无斧柯，奈龟山何”之语，辄不禁废书三叹也。

七一　绅治

吾国今称民治，然言论尚不自由，选政亦未实现，去民治之途尚远。即昔之所谓官治者，亦属名未称实。胡清开捐官之例，以致仕途淆杂，官之未克称职，固无论矣。明代以前，虽以士人入官，第占哔小儒，仅足与语雕虫小技，无所谓学识与经验也。一旦高临民上，设施自难得当，而上下睽隔，接触无从，亲民云云，徒成虚语。于是中间阶级之绅士，遂为双方联络之媒介，官之从违，多以绅为耳目。故官近正绅，则成循吏；交劣绅，则为庸吏贪吏矣。蒋委员长近有告士绅文，可谓洞见治道。故吾谓我国迄今犹以绅治，识者当能韪之。然丧乱以还，君子道消，憧憧于社会上者，多新旧土劣之流，误苍生者，皆此辈也。欲与求治，戛戛难矣。为民上者，其毋忽诸。

七二　官制末议

官制之于国家，犹规矩之于匠人，官制不善，则治效难睹，故官制者，治之具也。吾国自鼎革以还，变乱频仍，官无定制，民难望治。北伐完成后，虽本建国大纲，创立五院制度，然组织庞杂，事权不一，遂致政令施行，时生扞格。其尤甚者，以爱恶为兴废，朝增一会，夕裁一部，国家大计，竟为人事变迁而搁置矣。不佞习法者也，请以司法制度言之：如最高法院之须独立，而不受任何牵制，为民治国家之通例。然我国于最高法院之上，更冠以司法院，于是最高成为次高矣。藉曰司法院之设，为求五权分立之整备，第欧美诸邦之标榜三权鼎立者，未闻另有司法院之制，足见治权之分立，在质而不在名也。诚以官制之分立，为求治率之增进，应为技术之设计，非谋外表之整齐，此固尽人而知者。即退一步言之，如必欲存司法院之名，则以最高法院之职权，赋与司法院可也，何必为此叠床架屋之举，令人有目迷五色之叹，并使清高之司法沦为半独立，影响法官精神，实非浅鲜。又如监察制度，胚胎于御史，本为善制，然司法三大组织中之检察制度，原可检举官吏，使赋以监察之职权，而提高其地位，则以官贪民偷之今日，尤可收惩儆之效。今则两制并存，或生纠纷，或怀推诿，百事莫举，良效难图。且监察院之地位高于检察官，每有检察官认为须检举者，而监察院因背景之不同，或见解之有别，或不予弹劾，或置若罔闻，检察官无如之何，遂使贪污之辈，得以售其奸，吏治之坏，又岂偶然？今闻有提议废止检察制度者，不第我国民智尚低，民权未高，检举官吏，未能寄于民间个人，而有赖于检察官吏，且法院遍设于国内要地，而监察则仅设在中央及各省会，以我国土地之广，耳目自有未周，岂能如检察官之指挥灵活？况司法组织较行政为严整，使以监察代检察，其弊有不可胜言者。即就检察与监察之往效言之，亦知何者当存，何者当废。愿当国者，切毋感情用事，视国事如儿戏也。至其余各部院官制之未尽合理，管见尚多，本拟就中央与地方之制度，草一刍荛之议，以避乱在港，无书可供参考，异日有暇，当再详论之，并贡其所见也。

七三　吏治偶谈

吾国尚治人，自欧风东渐，而治法尚焉。然徒法不足以自存，古有明训。使有治法而无治人，则法何自而施。法而不得其人，是谓乱法，决不得谓之治法也。否则法犹是也，而何以国有治乱。昔王荆公之行新法也，施于县则治，施于国则敝。无他，在县，荆公之所自为；在国，则元祐诸君子不为荆公用，而章惇、吕惠卿之徒乱其法耳。太史公曰：“法者，治之具，而非清乱致治之源。”善哉言乎！故国家之制度既立，不能不有百官〔有〕司以推行之，是之谓吏治。吏治之良窳，关系国家之治乱。汉宣帝之重视二千石，良非无见。旷观古今中外，谓吏治即政治，亦无不可也。吾国自鼎革以还，模仿欧美政制，先后制定法律。治法悉备，而民困未苏，皆由吏治未能澄清，行法不得其人之故。因是利民之法，变为病民，肉食者鄙，而民遂不聊生矣。澄清吏治之法，首在慎重登庸，庶免仕途淆杂。而欲慎重登庸，则舍考试末由。诚以考试录士，虽不能谓为尽善尽美，然较之漫无标准，以爱恶亲疏为去留者，相去远矣。孙中山先生创考试为五权之一，可谓洞明治理。今人未能实行遗训，以致黄钟毁弃，瓦釜雷鸣，国运艰危，固有自也。今幸义师抗敌，胜利可期，蒋委员长又以政治重于军事，昭告国人，将来吏治刷新，百废方能俱举。否则，颛臾之患难除，萧墙之忧未已，国家前途，未可知也，岂可忽乎哉?

七四　凯末尔之幽默外交

吾因论官制及吏治，而忆及土总统凯末尔收回法权之交涉，虽事涉幽默，然足为有治法须有治人之解释。缘土耳其原为老大国家，其受领事裁判权之束缚，一如我国。欧战以后，凯末尔统治土国，励精图治，以领事裁判权关系国权，至为重大，乃与各国交涉，亟谋收回。各国咸以土国法律未臻完备为言。凯因问世界法律以何国最为完备，咸以瑞士对。凯因谓之曰:“是不难，吾朝抄而夕布，则与瑞士等量齐观矣。”众无以难，而土卒收回领事裁判权。凯语虽出以滑稽，然足为坚主治法者之当头棒也。

七五　论张伯伦之外交政策

（廿八年三月九日作时德未并捷）

英自张伯伦执政后，承认意并阿，牺牲奥与捷，对西班牙则力图妥协，对远东则久作壁上观。世人以张氏之外交政策，徒务现实，坐令极权国家横行无忌，无不病之。余独谓不然:夫英之领土遍五洲，其海军虽足以称雄宇内，然聚则力厚，分则势孤，苟非高瞻远瞩，谋定后动，则欧亚并举，必有顾此失彼之虞。西、葡等国，固往日一世之雄也，以属地一失，遂一蹶不振，殷鉴不远，覆辙易蹈。且英为工业国家，其原料粮食及消货市场，多赖埃及、印度暨星奥各地，关系国脉，视西、葡之于属地为尤甚。故英之生命线，不在欧陆，而在近东与远东。使与德、意冲突，纵胜算可操，而极其所得，不外赔款，其时远东敌人，必乘其敝，而侵扰其属土。是得于欧者小，而失于亚者大，利害相权，非计之善也。况英非陆军国，其所恃以支撑欧陆战事者，惟法是赖。况法自前次大战后，人口锐减，军力仅等于意，似不足与德抗衡。而人民厌战，士气亦殊可忧，故非与苏联合纵，决不足以当德、意联横之势。惟苏内有萧墙之忧，外有颛臾之患，日前恐难并力以赴事机。张氏洞见彼之情势，懔于兵凶战危，不得不计出万全，希图与德、意妥协，使欧陆得一时苟安，俾得转力远东，以固其圉。远东既定，德、意设不就范，然英已无东顾之忧，国力可以悉集于欧，德、意固莫与京也。否则，铜山西崩，洛钟东应，英之为英，未可知矣。昔诸葛亮一心复汉而主和吴攻魏。亮岂有爱于吴哉，亦以蜀、吴相持，魏得乘其隙，吴亡蜀亦难存，若魏亡则吴可不战而定也。张氏以近交之策，为远攻之谋，亦犹诸葛公之和吴攻魏而已，岂有他哉？当艾登辞职之时，张氏去函有“殊途同归”之语。夫艾登固反对妥协，而主打击法西斯者，而张独曰效果相同，以英人之持重，而张又身为元辅，斯语可深长思矣。故英、意协定，英无所得而意有大利；英、德商谈，英无所求，而德有大欲。人虽至愚，亦无故损己利人者，而谓张氏以古稀老翁，一国首相，而独为之乎？于以知张氏对此必有大计存焉，非感情用事者所可与语也。或曰：诚如子言，张氏必俟德、意就范，而后致力远东；使德、意无就范之日，则远东局势，将永无解决之时。养痈贻患，又岂智者所为？然吾以为张氏非见不及此也。彼见德、意之诛求无厌，欲壑难填，业已翻然变计，内则扩张军备，求其在我；外则交欢苏、美，广树外援，更进而拉拢佛朗哥，以孤德、意之势。即以备法西斯国家幸图一逞之时，以苏、美保全远东，以英、法逐鹿欧土，成竹在胸，胜券可操。破例应苏使之宴，援华继美国之款，皆其外交政策转向之明征也。张氏之智岂出中人下耶？呜呼，老成当国，谋定后动。“七七”以前，蒋委座因恐小不忍而乱大谋，亦尝委曲以求全矣，国人几以此疑之，今何如者。明乎此，即知张氏之外交政策，因有先后缓急之分，而不得不忍辱负重耳。吾料张氏政策实现，为期不远，国人拭目以观之可也。世之浅视张氏者，读吾言当可释然矣。

七六　吾州之名联

吾州原为新罗县，故州之书院仍以新罗名。记有联云：“新其风化，罗致人才。”仅此八字，足盖一切。又州人于“五九”开国耻纪念会于明伦堂，林师周臣，为联张之门外曰：“执中无权，伊谁之咎；时日曷丧，及汝偕亡。”又章君笃斋为九中学生毕业式掇（缀）联云：“中人以上，可以语上也；学者为已，如斯而已乎。”两联集句皆妙造自然，殊不易觏。又吾家书斋，承某司马赠联云：“元凯平生饶左癖，少陵家世富诗才。”虽切姓氏，然较之以上诸联，殊有逊色。

七七　延平郡王庙联

顷阅报载，台湾王庙联云：“由秀才封王，主持半壁旧河山，为天下读书人，顿生颜色；驱外夷出境，开辟千秋新世界，愿中国有志者，再鼓雄风。”情文并美，非王不能当此联。

七八　黄石斋先生之遗体

石斋先生就义后，遗体虽归故里，以不愿埋诸清土，故遗嘱不得安葬，以铁索悬灵柩于黄氏祠堂。闽中光复，族人乃卜地埋之，送者千余人。足见其文章气节，感人之深，不以易代殊也。外间传言：光复之日，灵柩铁索忽断，则不免齐东野人之语矣。

七九　汪兆铭有兄

孔次长希白为余言，汪逆兆铭之兄（余已忘其名），为胜清举人，曾充粤省幕友，虽与汪逆为异母兄弟，然仍送其留日。后见汪心术不端，遂与绝。有三子，长、次因汪贵往从之，汪兄恶其盗泉，虽穷老投荒，避居澳门，不受其助。其季子任法曹，戒莫与汪通，并以法官所得为清白俸，季始得菽水承欢。闻汪兄曾语人曰："乱中国者，必是人也。"跖惠同怀，诚为可异。是足与朱温之兄朱昱并传矣。

八〇　萧佛成笔下之人妖

吾乡萧佛成先生，为党国元老，性刚直，嫉恶如仇。西安事变后，上下以共赴国难为号召，萧独居暹不返。友人去函劝驾，皆不应。曾见其《复刘君侯武书》曰："人妖汪精卫回国，国事尚可问乎？”是汪之卖国求荣，早为萧老所预见，诚可谓知几矣。

八一　治盲肠炎方

盲肠炎西医除割治外，无特效药。但据秦望山先生云：“以鸡内金五钱煎汤冲大葱二根，连服三次，有奇效。”伊在闽时，因患此病，无从割治，服此获救。又据陈君襟三云：“肉豆藤五钱，肉桂五分，共煎汤服，亦效。”因录之，以备医师去及病家参考。

八二　历代金价统计

汉初至新莽	每两钱一万文
唐末	每两钱八千文
宋大宋（太平）兴国二年（九七七）	每两钱一万文
咸平中	每两钱五千文
大中祥符八年（一〇一五）	钱一万文以上
徽宗时	每两钱一万文
靖康元年（一一二六）	每两钱二万文
绍兴四年（一一三四）	每两钱三万文
嘉定二年（一二〇九）	每两钱四万文
元世祖至元时	每两钞二十贯
武宗至大元年（一三〇八）	每两钞五十贯

明洪武八年（一三七五）	每两钞四贯
永乐五年（一四〇七）	每两钞四贯
清初	每两钱一万文
同治时	每两钱二万文
民国三年	每十两银元五九元
八年	每十两银元二七八元
二十四年	每十两国币一·三六六元
二十五年	每十两国币一·一四四元
二十六年	每十两国币一·一四七·七六元
二十六年	每十两国币一·一四七·七六元

以二十六年价作一〇〇以下指数：

二十七年	一七三·八八
二十八年	二五九·五二
二十九年	四七七·五四
三十年	七二〇·二二
三十一年	一·八六八·四九
三十二年	六·一〇〇·一三
三十三年	三一·一二一·二二
三十四年一月	七七·二六六·四一
三十四年二月	一八一·三九一·九三
三十四年三月	二八五·七三九·一八
三十四年四月第一周	四六二·四六六·〇二
三十四年四月十二日	六〇一·一七〇·九七

《健庐随笔》附录

陈 序

三十四年八月，抗战既成功，余与杜君笑凡乃数数相见，虽神旺意舒，然痛定思痛，百感生焉！一日，杜君出一册相示，颜曰：“《‘五三’脱险始末》《八年颠沛纪实》合录。”济南之事，余耳熟之，固颇能详，迨读君书，益服君明决勇往之概。至沪上诸役，其记第二特区事，余固身历其境，逾年而一区事作，余亦目击而心伤之，诚哉！其足为八年战史实录之一部也。顾余所感有进于是者，语曰：“物必先腐而后虫生。”八年战祸，其始所蓄积固靡一端，即以两特区事而论，亦何一不以内腐之故乎！余离院之翌日，有句曰：“此辈原如附骨疽。”又曰：“早计未能谁实咎，一期我亦愧仓糈。”君若重览余当时所草《六十闲谈》中记载各节，宜有同感；即次年一区之事，亦何尝非先以内间而后外衅乘之乎！更进念内间之所由来，夫孰非始之用人不当有以致此。至余被捕一幕，余又未尝不置怨于主者之处理不善，以致波澜横生。究其由，则亦用人者司其咎也。夫圆颅方趾，具有恒性，然不培之以其道，岂但气节汩灭净尽，即才力亦将如江河之日趋于下。推勘至此，又不独用才者宜以公以明，而培才者更应加之意焉。余往尝语君："天下但有智愚，无贤不肖。"意谓智育可包万有。今之寡廉鲜耻者，皆其智育不足，其明识遂不能辨析是非也。君犹忆及余斯语乎？今者潦尽潭清，霾消日出，司法虽仅国政之一部分，然关系民瘼国猷甚巨，国人其勿更漠视此用人育才之盛业，而漫以相应为也。君将刊印兹编，索余数语，遂不禁言之长焉，君当知余所感深矣。三十四年九月陈懋咸谨识。

自　序

健庐主人曰:“五三”“一·二八”“八一三”以及三十年之“一·二八”各役，余无役不与。日寇其余之命宫磨蝎耶，何遇之数也？犹忆民十三，供职闽侯法廨，有不肖学生，藉抵货以敛财者，获案诉究，余以其年少，宽其刑，日人唆周督荫人谋不利于余。时高审长为今总检长郑公，力为庇护，事始解。“一·二八”前，余在厦奉某公召赴京，即闻日寇将发难，适厦中以要事待理，急电催归，摒挡至沪，而难作。以绳索攀登英轮，始获南返。然前者事涉个人，无关宏旨，后者亦仅稍遇风波。惟“五三”“八一三”，以及三十年之“一·二八”各役，余以职守所在，躬历其险。所见所闻，自较道路传闻、报纸记载为详确。岁月催人，骎骎老矣，索居多暇，忘其不文，因就经过事实，穷五日夜之力，草成是录，分为《“五三”脱险始末》及《八年颠沛纪实》两篇。愧非扛鼎之健，难逃覆瓿之讥。然九州既同，可容直笔，虽时越多年，时日或有出入，而事实则或有缺漏，决无增稀（饰）。此则硁硁之愚，所可自信者，等诸逸闻野乘，或足为异日修史者之一助，读者其许我乎？民国三十四年胜利日古新罗杜保祺自序于上海集美里寓庐。

“五三”脱险始末

十七年春，今主席蒋公统师北伐，余承乏战地政务委员会司法处秘书，随军前往。师次铜山，假城外教堂为办事处。外交处主任蔡公时治事之室，适与余室邻。蔡为赣人，曾随李公协和入闽，吾家所藏宋拓《圣教序》，协和知而索阅，认为稀世之品，曾与蔡及熊公福君各跋其后，以是彼此一展邦族，即如故交，殆亦文字因缘也。

徐多古迹，公余恒与蔡登高揽胜，相得益甚。蔡善书工诗，承集龚句成七绝书中堂以赠曰：“故人横海拜将军，送我情如岭上云。多识前言蓄其德，亦狂亦侠亦温文。”宝之至今，时兴人琴之感。

一日，奉军飞机来炸，弹中厨房，距余等室只数丈，而各无恙，乃煮酒共庆。罔料不一月，蔡终罹毒手，而余仍顽健如昔。然蔡公大名垂宇宙，而余则五十无闻，恐终老死牖下，是又余之不幸也。

时我军与孙传芳、张宗昌军相持于临城间。张治军无方，有“三不知”之诮，即不知军队多少，不知财货多少，不知姬妾多少，其为人可知。张部欠饷多月，以迎战在即，乃各发饷三元。既而悔之，又令缴还两元，谓将由军中代寄故里。黠者知其口惠，有负气并还之者。以是军心不固，每战辄望风逃，孙部亦为牵动，我军遂势如破竹，长驱入鲁。

四月末，余等奉命急进，蔡拜鲁交涉员之命，余则领高等检政。上专车又与蔡同室，谈益畅，抵兖小作勾留，即以原车入济。日人处心积虑，惟恐中国统一，因见北伐大业行将完成，乃力谋阻挠。余等于五月二日晚抵车站，三日晨欲下车，即为日军所阻，蔡乃下车折冲，迁廷（延）至九时许始获分头接收，遂与蔡别。余至高检厅，前任为张宗昌私人，已引避，仅留一检察官款接，查核文卷。至十一时余，饥肠辘辘，而署中已不举火，乃向对门青年会呼西餐。方进汤毕，即闻枪声大作。初以为肃清孙、张余孽，不以为意，俄而蔡之科长张某等避入署，始知日军已启衅。据言：我军以中央银行角票购物，为日商所拒，因而口角，日商乃以电话报军部。日军至，即加以枪杀；适为我军巡逻队所见，乃开火。旋闻蒋公下令制止，枪声渐息。余埋头至五时余，友人邀宿其寓所，出院门，则见我军大炮多尊，排列其间，而青年会附近，则为日军占据，设未停战，则余恐无幸免理。

至夜全城惶惶，然无确息。翌早，友人走告蔡公已为日人所害，不禁泫然。闻日军藉口三日晚交涉署前有日人尸体，是夜十二时闯入搜查，将全署员役二十人捆缚，每五人为一组，禁之厅隅。蔡以日语交涉，声明为外交人员，亦不理。第见日军往返多次，似为请示其上峰者。至四时，即首将蔡等五人驱至空院枪杀。蔡甥骂敌不绝口，胸首各被数刀，死尤惨。时济城电炬已停，昏暗中日军时以手电灯烛照。公役某之一组，瞥见地下遗一剪，乃暗中拾起将绳剪断，而伪为捆缚如故。至空院后，即分逃。四人均不遂，惟此公役于混乱中匿居救火水桶内，未被觉，事后乃报告其始末如此。脱非此役幸存，则惨酷情形，无从详知，日寇横暴亦无由为举世所共愤矣！冥冥中殆有天耶？

其时日军意在迫我军为城下之盟，而对蒋公以一身系天下安危，心尤叵测，所提条件至为无理，虽经外交部黄部长膺白亲往折冲，亦无效果。闻蒋公曾语人曰：“日军在济不过数千，以我军之力，不难歼除。然衅端一启，北伐之功，即败于垂成。吾不欲以小不忍而乱大谋也。”其卓识远见，谋定后动有如是者，八年苦战，终摧顽敌，其基已兆于此矣，夫岂偶然也哉！

时余仍到署理事，并偕人往查监所，路经曲巷，一弹飞来，几被中，乃折回。盖我军虽遵令停战，而日军仍嫉视我军，到处挑衅，见余着中山装佩精武带，当系误为军人也。

回署后，急将张宗昌寄押之烟台海军学生张某等九人，下令释放。时新制院检共一印，院长易恩侯以须请示上峰为词，不出印。余曰：“吾辈为国民革命而来，该生等因国民革命被禁，在张为有罪，在我为有功。设再犹豫，则局势一更，该生等必无幸。苟不录释，于法既不合，于心尤不安，倘有罪责，余愿当之。”易始首肯。该生等释出后，余并酌给川资，令速行。使余办理稍迟，则我军离济后，该生等恐无生理。处危城中，仅此为一快意事。

五日，闻蒋公已离济，日人以狡计难逞，意颇沮丧。六日，易君恩侯约谒战地政务委员会蒋主席作宾，至则已命车将行，语余等曰：“我军拟改道北伐，君等行止，可自行相机决定。”鲁高院系在城外，与别省异，院址已在日军警戒线内，未能往，而日军又到处搜捕我军中人，公文行李均留署内，不及取出，仅怀小官印不敢失。

七日，乃与前济南懋业银行经理梁君和钧，及前济南地检长郭君秀如同避比领署。领事已避暑他往，署中不举火，以罐头食品充饥。余等均不耐冷食，而领署外又有日兵，乃商由隔邻美领署逾垣而出，改避齐鲁大学宿舍。至夜，美籍教授来言，日军《哀的美敦书》至午夜期满，美领以仓卒不及撤侨，日人乃延至翌早四时。朋侪均促余以电话向监狱询口令，备他出。重违其意，多方探询。口令虽只两字，然防漏泄，每半小时报一字，故稽延颇久。朋辈得此欲即行，余曰：“此普通口令耳。此时此地非有特别口令必受阻；况在深夜不辨敌我，若冒昧夜行，不死于敌亦死于我军之手也。”众乃止。

余乃就榻酣睡，友则蹀躞屋中，嗣推余醒曰：“身处危城，犹作元龙高卧耶！”曰：“不睡，于事何济?且明晨为远走计，尤宜小休以待。”睡如故。

四时，果闻炮声，出屋遥望，则城内火焰举矣。然我守城之军仍严密戒备。城垣上，隐约可见巡逻队伍，迄不为屈。至晨，余与友各雇人力车行。闻十时许，日军即赴齐鲁大学搜查，亦云幸矣！

车行里许，乡人见告，转角处潜有日军，乃弃车登山腰，循径走，并以西装向乡农易一短衫裤着之，而行途遇一老者，殷殷带路，且分其干糗以饷。辗转至某车站，访站长，适为邻县同乡永定人黄学周君，曾长吾邑事，素知余名氏，乃授饭下榻。翌日，并为设法得附第四军张发奎部下之军车以行。奔驰至泰安，即接先君弃养及卫儿夭殇之讯，一恸几绝，遂星夜南驰，而兹役亦告一段落矣。呜呼！方离虎口，遽抱终天之恨。西河之痛，事后追思，甚以敌之不剚刃余胸为憾，天乎！何罪，胡遇余之酷也，悲夫！

八年颠沛纪实录

自北伐完成，东省易帜后，日人恐我国生聚教训，终兴沼吴之师，谋我益亟。海陆空军，直入我堂奥；浪人奸探，遍伏我全土。厦鼓迫邻台澎，正当其冲，势尤汲汲。闻厦日领调查抗日份子，计有三百余人。以余自“五九”后，即拒用日货，亦列名其中。“九一八”后，余知日人狃于蒲骚，野心难戢，或将首在厦鼓发难，以是无日不准备他行，固不料星星之火，竟先在平沪间也。二十五年冬，承乏沪首席，乃举室来申。视事未几，即逢丰田纱厂一案。该厂为日商所设，工头某，素为日人鹰犬，待工人甚苛，工人不甘，乃请求撤换，触日人之怒，将工人代表捕送公安某分局禁押。工人群往请释，该局以无法驱散，乃开枪制止，伤工人。于是工人哄而入，殴伤分局长，被捕百有八人（数目是否准确须查卷，下同），送检处侦讯。时余适因公赴京，承办之检察官，以工人既被伤，而所犯伤害等罪，情节又非十分重大，因准其交保。余回沪后，公安局以处置过轻，要求追保收押。余以交保并无不合，且据市党部工人部长陆京士密告，全市工人数十万，以是案与日方有关，群情愤激，欲以罢工援助。日方拟以此为口实，增派水兵登岸，谋决裂。其时我方准备未充，以缓发为是。检处办理此案，既属合法，又利于国家大计，自难徇公安局之请。以是日方狡谋始不逞，否则不待“七七”“八一三”，而战火已萌矣。

八月九日，日军曹某驱车至我机场。守场之保安队止之，不听，且鸣枪死我军二。保安队还枪，亦死之。于是全沪惶惶，不可终日。余派检察官会同法医研究所孙所长往验，日方诿称保安队非彼所杀，以为曲在我，挑衅方有词也。折冲数日，迄无效果。至十三日，而此震惊举世之战事，遂开序幕。我军虽装备较劣，然上下悲愤填膺，哀兵必胜，人民又无分老幼男女，皆箪食壶浆以助。有乞丐某，途遇募捐者，亦倾囊以献。以是屡摧顽敌，毁其速战速决之谋。我军且曾一度追敌至汇山码头，忠勇奋发，遂为举世所叹服。

上海地院位于南市，敌机时来侦炸，于是商同周院长伯澄，在中汇银行楼上赁屋两间，为存放文卷之用。讯问案件仍在原址，在烽火中，迄无稍辍。惟僻远地方如浦东各乡，以及邻近火线之处，检验甚为困难，均须冒险前往，此则不能不感同寅协恭之力。

一日，余乘车回寓，行经大世界，折入霞飞路，未至嵩山路口，即闻巨声忽发，未审何因。抵寓，某检官喘息入告曰：“大世界落弹，死伤多人。”距余车过之时间，仅瞬息耳，亦云险矣。

厥后，我军西撤，地院辖境全失，乃冒险雇车将留存南市之进行卷证，一并取出，电准法部，将全部卷证，送交第二特区法院保管。查核结果，片纸无遗，似为沦陷区各院处所罕见，稍可自慰。

方是时，四行孤军誓死不退。余驱车往视，见民众夹河相望，挥泪相告，而又无法相助。有女童子军某，冒险渡河献旗，欢声雷动，亦足见国人之爱国热情，可洗一盘散沙之羞矣。

其时伪大道市政府已傀儡登场。外间传闻，谓敌伪将要求租界当局交出或驱逐我方公务员。又谓将要求地院交出款项卷证。余以职虽冷曹，然亦国家命吏，个人安危事小，国家威信事大，且在沪既无所事事，不如他去。乃偕前军法处长陈君汉佐赴港。抵港即奉调赣之命。然喘息方定，而交通又梗，未即往。嗣又奉调昆明，当附广东轮，拟转滇越路以往，不料船未启碇，即不戒于火，不克行。回寓后，诗儿忽卧病，客中乏亲友，不忍遽去。时校友林君霭民长《大众报》，嘱以笔墨助。乃日草《健庐随笔》一两则付之。海内外各报，纷纷转载，计达十余种。覆瓿之作，竟为鸡林行贾所贵，亦异矣。

嗣中央以渝、沪道远，邮递又受敌伪检查，案卷时有遗失，如沪江大学刘校长湛恩被刺一案，其案卷送第三审亦被失落。因设最高分庭于沪特区，以资办理终审案件。庭长为翁公剑洲，余则荷郑检察长知遇，承乏分庭检政。所辖区域，仅两特区，政简刑清，故虽一官瓠系，实同驾驷乘牛。惟自汪逆兆铭来沪后，在沪西极司非而路七十六号，设立伪特工总部，实施暗杀计划，沪人闻而色变；而中央机关之在沪者，又只硕果仅存之法院，遂遭敌视。初则向租界当局谋占夺，幸租界当局不为动，继则极利诱威迫之能事，叠函各法官及书记官，肆其恐吓。无胆识骨气者，遂前往登记，受津贴；不从者则被掳禁，或行刺。终则结伙侵攻各法官住宅，并以已登记之辈，为虎作伥，侦察各法官之住所行动，于是各法官皆人人自危。两工部局乃于法院门前，派军警守护；各法官住宅，亦派警探为卫，并以铁甲车日夕迎送各法官。人心稍安。

余以居终审机关，向系书面工作，故外间能识庐山真面者鲜，曾随众乘公车数次，里巷惊异，启人注意，而警探夙无恩赏，亦难得其死力，乃决意将寓所密迁，以避凶焰。旋饰为商人，租就静安寺路安乐坊十六号房屋，由蒲石路迁往，而仍留原寓不退租，以乱人耳目，虽亲友不以告，然须负担两处租金，鹤俸所得，几尽费于是矣。

未几，法租界当局背约食言，竟徇敌伪之要挟，由高三、特二两附逆首检，会同日宪兵，占据高、地两院。院长杨公叔翔、陈公虚谷，先经迭奉部电，洁身引退，遂率各法官退出。于是第二特区之法权，遂沦敌伪之手。陈公纪载此事经过甚详，自名其书曰《六十闲谈》。以幽默之笔，描写魑魅之情，余读之，有余慨焉。

最高分院原假高三分院治事，至是乃迁往北浙江路高二分院内。数日后，余以向系调用高三分院检察处员役为助，藉省国库开支，今须商借高二检察处员役，而该处又系在威海卫路办公，往返至不便，乃襆被移住该处，日夕与郑首席英伯相处。

一日，郑泫然出涕曰:“吾女恐已不幸矣。”盖郑夫人虽系日籍，然华语华服，而爱中国亦不减于华人，见之者不知其为非我族类也。其长公子名海澄，在日习航空，“八一三”战起，郑夫人亲往率之归国，服务于昆明空军，闻已殉国。其次女名真如，貌甚都，性尤聪慧，为郑夫妇所钟爱。某日伺丁逆默村于百乐门饭店，击之不中，遂被捕。郑得其狱中一纸条后，即渺无消息；实则其女旋即就义，人恐伤郑心，秘不以告。故郑对其女死讯，疑信参半，犹存万一之望耳。郑每语及，辄老泪纵横，令人酸鼻。

时法院同人虽以孤军奋斗，不为势屈。委座曾赐电奖勉，益用感奋，然敌势张甚，沪局日非，鉴于第二特区之往事，诚恐终难独存。院部亦洞悉此情，为防邮电被阻，指示无从，乃应郭院长闵畴之请，指定翁庭长，郭院长，郑、向两首席及余等为上海三院（即最高分庭高二分院第一特区地方法院）联合委员会委员，得于必要时，便宜处置一切。因时须开会商洽要公，故余之寓址，不能不为一二负责人所知。某日公函至，外书“三院联合委员会委员最高分庭杜检察官”，为居停所见，谓余曰：“君非商人，胡不直告?”于是全里皆悉，真相遂露。乃复四出赁宅，得福煦路美福里一号之屋。屋极完好，且系独居，乃于上下各加铁门，变姓氏为林肖陵，不问何人，不以通。日夕赴院，不趁公车，时而汽车，时而人力车，时而电车，时而公共汽车，未至院或宅，即下车徒步。以是除高医师镜朗、任医师廷桂、陈医师澄因诊病来寓外，法院同人及外间皆莫悉余之住所，虽所费不赀，而身心较适。

当是时，敌伪攫取法院之谋，无时或息，幸英、美军在沪捍卫，不无顾忌。及美、英军相率撤退，群知事急，各法官势尤危。伪特工总部竟明目张胆，攻劫数法官住宅。各法官不得已，乃相率避居北浙江路院内，而严其禁卫，以求旦夕之安。

十二月八日晨，忽闻浦江中炮声，旋悉为日舰进攻英、美军舰，燎原之势已成，法院自无幸存之理。当即开三院联合委员会议，将秘密文件或毁或藏。同人薪津，由各负责人发给；会议未终，即得工部局电话，谓日军已到局，即将来法院。诸委员乃急散，惟郭院长以身兼两院院长，责任较重，未能即离。

余乃以报纸裹文件成包，与郑首席同行，步至电梯，即遇日人偕工部局局员至，幸匆遽间未被留意，乃与郑上汽车急行。至浙江路垃圾桥，见路人变色相告，形势不隹(佳)。余语郑曰："尊寓熟为人知，恐不可居，余亦拟他避，曷不分道而行?"余乃改雇人力车，经跑马厅、大光明戏院前，遇敌军游行示威。余车适在其坦克车之后，该车停而修理，余车无法前进，顾身畔文件，内（外）有余自记之会议录，内有攻击敌伪记载，脱被搜阅，必难幸免，以是颇懔懔。幸坦克车修十余分钟已竣，余获驰车回寓，至则高医师亲以其汽车来迎余眷，而寓之对宇，为美通汽车行，已为敌据，布防甚严，行人不得通。高系绕道以行，且其公子肄业兆丰公园旁某校，亦待车往接，乃竟先人后己，爱护备至，古道热肠，令人感奋不置。

敌伪因鉴于第二特区各法官，多义不附逆，而伪组织所派各伪官，又公然受贿，闻并敌方有关案件，亦非钱不通，秽德彰闻，道路以目，乃创组织国际性法院之说，以诱各法官入彀。同人有以此疑惑者，余曰："他固非所知，然余固服务于最高分庭者，有分必有本。余将何自而分耶？若谓为仍自中央而分，则岂为敌伪所愿闻；否则即从贼而已，国际云乎哉？况语出敌伪之口，即无正义可言，余决不受伪命。"某日遇郑首席次公子南阳于友人处，郑公子以兹事问，余曰："余信而父与余决无易辙理。"旋遇郑，谓余曰："君言诚知我者，甚感君之见信也。"

时余只知郭院长未离院，即为敌监视，俄闻已乔装出险，为之喜慰。虽其时未悉其隐避何所，然忆郭曾由余介绍陈医师澄。陈之普安医院，在爱而近路，距法院不远，度或暂避其中。遇陈询之，笑而不答，知郭十九已安居其处矣。

一日，闻伪高二书记官长张某语人曰，法院组织已大部就绪，惟最高分庭杜检察官未至，虽其寓所不能知，但记开三院联合委员会时，郭院长曾嘱以电话速（诉）之，记其号码为六一八〇〇，不难查寻，第通话时，须请林先生，若报杜则不通耳。其人劝其已自误，毋再误人，张乃已。

然余终恐其按址来寻，乃弃屋及电话、电炉等，而又迁于集美里之今寓。所计余自"八一三"后，自霞飞坊而上海别墅，由港回沪后，由蒲石路而安乐坊，而美福里，而集美里，前后六迁，所用租金项费，为数不赀，粒积几全耗于是。人有以是为余之神经过敏者。然沪变发生后，某友告余曰："吾始以君之密其行止为多事，今君以局中人而获置身事外，赖有此耳，方服君之知几也。"若然，则余之所费为不虚矣。

某日，余遇张某于途，张语余曰："君诚大幸，工部局日人五岛，在吾辈受事之初，备极恭顺，谓保证不奉加委命令，且令各职员开具住址，备发特别通行证。谁知其得此，即密派警探监视行动。及'南京'加委令下，各'员'有以前言质者，五岛竟前恭后倨，召集全体训话，谓日本已承认'南京政府'，不受命，系反对'南京政府'，亦即系反对日本政府，当视为抗日分子。众噤不敢言。"张言竟，叹曰："与日人办交涉，毫无信义可言。"余闻其言，亦惟有叹息而已。

时敌伪访索法官之不附逆者颇严，而对于中央人员之被捕者，又多施以侮辱酷刑。余怀士可杀不可辱之训，乃向高医师丐毒药以备万一。高以在美卒业时，曾宣誓药以救人，不任杀人，拒不与，且婉言相慰。求之陈医师亦同。而药房购买毒药，例须医师处方，此外无从得。余忽忆报载有服杀虫药以自杀者，因搜买多种怀之，以为备。足见求不死之药固难，求可死之药，亦非易也。

旋法部寄款，以济第二特区各法官之不附逆者。为敌觉，捕杨、陈两长及所属共十人。其时余率诗儿在普安医院治盲肠病，不及知，及以电话约陈始获悉，然余爱莫能助，徒呼负负。陈出狱后，有诗纪其事，可作诗史读，亦抗敌史中一资料也。

嗣沪最高分庭，移闽之永安，改为浙赣闽最高分庭。余仍奉令滥竽检政。郑检察长来函敦促。余虽在沪无期功之亲，弱小乏人照料，然感郑公盛意，毅然弃家南行，经甬遵陆前往。沿途所历艰辛，笔难尽述。至闽又以覆车之故，伤及胸背，卧治兼旬。第自由区内，烟赌禁严，盗匪绝迹，较之沦陷各区，殆若天壤，精神为之一振。

抵永安后，以积案颇多，日惟埋头清理；新收者，则随到随结，月余积案已去其大半。旋以海上居大不易，拟秘密至沪，率眷回闽。适得噩梦，厦儿来话别，心殊悬悬，急行至沪，而厦儿已先一周夭矣。忆民十七，余随军北伐，惨遭先君及卫儿之痛，及厦儿生，声音笑貌，一如卫儿。稍长，读书颖悟，每试必第一。其性情敦厚，义理明晰，亦不啻一人，方以为羊叔子金环自返。不料仍以用功过度，病脑冲血而亡。余在沪时，日必令其作相当休息；余行后，儿乃任意劬学，昼夜不休，始肇此祸，岂天道信无知耶！抑余凉德，不克有此宁馨耶！何遇之惨也。

余因受此刺激，一病积月，形销骨立，壮志已灰，亦不愿言归故里，重理检政；乃闭户养疴，静待明时。惟因伪钞日增，物价日涨，食指既繁，度日维艰，爰将鼓屿住屋卖去易米。又幸亲友同情者，多分金指困，始获渡此难关，重见天日，亦不能谓衰世中无公道也。然两鬓已霜，骎骎将老，每诵“一卧沧江惊岁晚”之句，不禁感概（慨）系之矣。